中公文庫

ビショップ氏殺人事件

曽野綾子ミステリ傑作選

曽野綾子
日下三蔵編

中央公論新社

目次

ビショップ氏殺人事件

曽野綾子ミステリ傑作選

ビショップ氏殺人事件

1

横浜の山手と呼ばれるところは、横浜港を一望のうちに見下す、一等地ということになっている。外人墓地も岡の中腹にあり、そのあたり一帯は地価が坪三十五万円という高値をよんで、住人も殆んど外人ばかり。月夜も風の日も雨の日もそれぞれに美しい港の眺めは、香港島のピークと呼ばれる富豪の住宅地あたりと趣が似ているという人もある。

その山手の一角にある、バーマ石油会社販売主任、トーマス・E・ビショップ氏の邸で、主人のビショップ氏（三十五歳）が殺されたのは、二月十八日木曜日の夜であった。

ビショップ家の家政婦の海野マサ（五十歳）から県警察に届けのあったのは、もうすぐ時計が九時半をさすころであった。

ビショップ氏は、アメリカ人で、こうした外人によくありがちな独身者であった。背の高いスマートな紳士で、追及すればわからないが、家政婦の話では、特に深入りしているような女の気配もなく、毎日一定の時間に帰って来て、時々友人とポーカーをやったり、ゴルフに出かけたりする程度、給金の払いもよく、家政についても、それ程やかましいこともいわない。

ビショップ氏は書斎の一隅で、そこにかざられてあった青銅の仏像で頭を後から一撃されて倒れていた。

書斎は、物とり強盗ではないかと思われるほどとりちらかされていた。引出しはあけ放たれ、紙ばさみも拡げられ、鍵のかかる簡単な書類入れの戸棚などは、外側から、こじあけられていた。

それのみならず、犯人の侵入路とおぼしきもの、即ち玄関と反対側の客間につづいた食堂のガラスをこわした穴も、すぐに見つかった。

ひとりもののビショップ氏自身が殺されているので、被害もよくわからなかった。家政婦の海野マサは、この中に確かにビショップ氏が金を入れておくことにしていたらしい、と証言した戸棚はこわされてはいたが、中にはまだ七万五千円の現金とライカの写真機が一台残されていて、強盗ならば何故そういったものを持たずに逃げたかもわからない。

ビショップ家には、もう一人木津明という二十二歳になるL大の夜間部の学生が、苦学生のようにしていたが、事件の発生する前から映画を見に外出していて、ビショップ家がパトロールカーにかこまれた頃帰って来た。

木津明は現場につれて来られると蒼白になり、唇が驚きのあまり乾き上って、物も言えないようであったが、すぐに、口重く返事をするほどに気をとりなおしたようだった。

「どこへ行っていましたか」

という質問に彼は当惑したように答えた。

「山手の岡の下のエトワールで映画を見ていました」

「ひとりで？」

木津明は頷いた。

「何か必要があった場合にですね、誰かあなたがそこにいたと証明出来る人がいますか」

「さあ」

木津明は蒼白な顔のままで、真実困っているふうに考えこんだ。

「切符うりの女の子は？」

「僕は背が高いですし、ガラスの向うにはカーテンがかかっていて、手だけしかみえないんじゃないかと思います」

「それは困るな。思い出して下さい。誰か、友人とか、近所の人とかに会いませんでしたか」

「会いません」

「そうですか」

「僕を疑っていられるんでしょうか」

「いや、あんたひとりを疑ってる訳でもありませんが、一応は皆さんにきくだけきいておかなきゃなりませんから。映画をみてたと——。その映画は何ですか」

「二本だてでした。僕はその最終回の二本目が始る頃から入ったので、最初の一本は、確かシェーンだったと思います」

「どうしてシェーンの方は見ないんですか」

「前に二度もう見てるもんですから」

　木津は憂鬱そうな表情をくずさなかった。

「後の方の映画は？」

「赤い連発銃というのです」

「主演は？」

「オーディ・マーフィですが。あ、ちょっと待って下さい。映画館で僕を見ていたかもしれない人がいます」

「誰です？」

「僕は二本目の映画にも少しおくれたんですが、入る前に、入口の売店で南京豆を買いました」

「それだけで充分調べられます。時にビショップ氏に怨みをもっていたような人はいませんか？」

「さあ、別に心あたりはありませんが」

「あなたは、このうちに何年位いますか」

「もう二年半になります。卒業したら、何とかして、ビショップさんの会社に就職させてもらうつもりでした」

青年の口は重かった。

「あなたの仕事は？」

「僕は何でもやりました。家中の掃除から時にはちょっとした事務用の手伝い。それから卵をやいたり、コーヒーをいれることもあります。午後四時から、僕は、夜学へ行く為に自由になります」

「ビショップさんは、つまり独身者だった訳だが、女関係については、何か知らないですかね。特に親しかった女の人は？」

「別にないようです。会社の秘書位なもので」

「や、ありがとう。今はそれで結構です」

現場の検証と同時に、警察は、家政婦からも事情を聴取した。

「今晩あなたは何をしていましたか」

「七時頃、木津さんと夕飯を食べました。今晩は旦那さんはよばれていて夕飯に帰らないといったから」

「誰のところへよばれたか知りませんか？」

「あたしゃ横文字の名前の人の名はてんで覚えられないんでねえ。木津さんなら知ってるでしょう」

青年がビショップ氏のメモをとって来て調べたところによると、今日は会社の同僚のベーカー氏の誕生祝によばれていることがわかった。

「旦那さんが帰らないから、二人で夕飯をたべて、木津さんは出かけて、あなたはどうしました」

女はちょっと考えてから答えた。

「私はいつも八時頃にはもう寝てしまう癖があるんですけれど、今晩ちょっと電話がかかって来たので出かけました」

「うちに鍵をかけてですか？」

「はあ、戸じまりはしましたよ」

「誰から電話がかかって来たんです」

　女は答えなかった。

「いつも、よくそうして出ることがあるんですか？」

「いいえ、そんなに始終じゃありません。今日だけね、ちょっと弟から電話かかって来たもんだから」

「どこで弟さんと会ったんです」

「桜木町駅です」

「何時に？」

「八時二十分に桜木町で待っていろ、ということでした」

「二人は時間通りに会いましたか？」

「ええ、弟は十五分おくれましたけど、会いましてね。多分お金の無心でも言って来たんだろうと思ったけど、この頃は何でも具合よく行ってるから安心してくれろということで、私も安心して――」

「結構です。又、そのへんのことをきくかもしれませんが、あなたは帰って来てからビショップ氏が倒れていたのを発見した」

「へえ、私は裏の勝手口の鍵をもってますからそっちから入りました。消して行った電灯がついてるんで、旦那さんがてっきり帰って来なすったと思って、これは間の悪いことになったと思いながら、入りました。そしたら、書斎の中がめちゃめちゃになってて、旦那さんが倒れてるんですよ。側へとんでったら、目を開けたままだからね。私は泥棒がまだそのへんに隠れているに違いないと思ってあわてて表玄関からとび出したんですよ」

「電話は？」

「旦那さんの倒れてなさるすぐ傍においてあるんで、気味わるくて、かけてなんかいられませんでしたよ」

「泥棒が入った、っていう印象を受けましたか」

「そりぁ、泥棒じゃないんですか、あんなにめちゃめちゃになってるのは。でも強い泥棒だねえ。あんな背の高い旦那さんを後から狙ってうまくやるなんて」

2

渋川道夫が、バーマ石油会社の入口のドアをあけて中へ入って行ったのは、その翌朝十時をちょっとすぎたばかりであった。彼は、デイリー・テレグラムというオーストラリア系のタブロイド判の英字新聞の記者生活もこれで四年目に入ったところであった。主筆のオーストラリア人のボスが、殺されたビショップ氏と親友で、事の意外さに驚いた彼は、少しでもくわしい情報を得るために、渋川道夫を横浜へ派遣したという訳である。

渋川は横浜までの電車の中で、事件のあらましを知るために、二三種類の日本字の新聞をくわしく読んだ。それによれば犯人は外部から侵入したもので、書斎を物色中、帰って来たビショップ氏に騒がれて、殺害し逃げたもののように見られていた。前夜八時少し前ごろ、現場のすぐ近くのタバコ屋の公衆電話を借り、そのまま現場へ通じる坂道をのぼって行った背の低い男がいたが、それが事件とどのような関係にあるかはまだ不明らしかった。タバコ屋のおやじは、男がダイヤルをまわすと急いで便所に立ち、男が切る頃に戻って来て、話の内容をつかんでいなかった。只その男は、百円札でバットを一つ買い、桜木町までどの位時間がかかるかをきいた。警察はこの男を追求すると同時に、ビショップ邸から一丁程はなれたところにある学校建設の工事場にねとまりしている人夫を洗っているらしかった。それから、ビショップ氏の女秘書である伴《ばん》スミ子（二十五歳）が、山下公園の傍の〝レインボー〟というレストランで、ビショップ氏と食事をしてから、七時少しすぎに別れたと申したてている……

渋川道夫がバーマ石油会社の一室でボスの紹介状を示して面会したのもこの伴スミ子で

あった。港の朝は美しく、暑いほどにスチームのきいた会社の中で、スミ子はグレイのウールの半そでのワンピースをかいがいしく着ていた。彼女の目のまわりに隈がなく、会社の中が何となくざわざわしてさえいなければ、渋川は、五尺四寸位はありそうなこのかもしかのような若い女とむき合っているのは結構楽しいことなのにと思った。

スミ子はこの頃の流行で、髪を亜麻色にそめて、長く、ふさふさと後に垂らしていた。手首にぎょっとするほど太い金色の鎖の先に大きな金色の舵輪《ヘルム》の形の飾りがぶら下った腕輪をはめていたが、それが割合よく似合った。

「何をお話するの。私、昨晩は一睡もしていないのよ。私、知っていることだけは、全部もう警察へ行って話して来たんだから」

彼女は大分神経質になっている、と渋川は思った。

「いや僕も勿論特別にどうという訳ではないんです。只うちのボスはビショップ氏と昔からの友人だったそうで、大変心をいためています。ですから僕がこちらへ来たのも、仕事を離れて、事件の報告書を作らねばならないからなんです。僕はビショップ氏という人のイメージさえまだ心の中にもっていませんし」

女は黙って立って行って、机の引出しから一枚の写真を出した。

「それがビショップ氏よ。ようくごらんになったらいいわ。あなた御自身で。百聞は一見にしかずといいますからね」

この国籍不明のお化粧とみなりをした女が、そんな言葉を使うのはおかしかった。

渋川が見た写真には若いのにいくらかはげかかった髪で、太い縁の眼鏡をかけ、甘く笑っている美しい外人の男の顔がうつっていた。

「きのう、ビショップさんは、ベーカーさんの誕生祝によばれていたのよ」

彼女はそこでちょっと言葉を切ってから、ハンドバッグを開けてタバコと黒いサングラスを出した。サングラスが彼女の眼の表情をかくしてしまうと、彼女は落ちついて、渋川のさし出したライターで、タバコに火をつけた。

「どうして行かなかったんですか」

「ビショップさんには心臓神経症という持病があるのよ。心臓神経症についてはあなた御存じなんでしょう」

「心臓の機能自体には何も病気がないのに、脈が不整になるという奴ですか」

「ええ」

渋川はスミ子のサングラスを少し邪魔に思った。確かに眩しい冬の朝ではあったが、どうも眼鏡がいる程には思えない。しかし彼は気をとりなおして質問を続けた。

「脈が早くなるんですか」

「いえ。ビショップさんのは、脈が一つおきに結滞するの」

「きのうそれが又おきたんですか」

　女は頷いた。

「お医者さんをよぶんですか、そういう時は」

「あまりひどい時はビタカンファーの注射をするのよ。私がしてあげるんだけど」

「それで、きのうはどうしたんです」

「心臓神経症っていうのは、つまり心臓のシャックリみたいなものらしいの。五時に会議が終ると、ボスが青い顔をして出て来るじゃない。今日は朝から心臓の具合が悪くて、ベーカーさんのところへ行けそうにないから、電話でことわってくれっていうの」

「それであなたは電話した」

「ええ、かけ終ってみると、ボスはふるえてるんです。あまりひどくなると悪寒が来て、ケイレンまで起す時もあるらしい。私はそういう場面に会ったことないけど。それで私注射しました。私ビタミン剤の注射なんかいつも自分でするのよ」

「それから」

　女は暫く口をつぐんでいた。何か話したくないようなことが、或いは心に決めかねているようなことが、あるらしかったが、すぐに彼女は続けた。

「注射するとすぐボスはよくなったの。あの病気は嘘のようにケロリとよくなるのよ。私は彼を家まで送るつもりだったんだけど、彼は急にお酒をのんでどっかでのんびり夕飯を食べようと言い出して――」

「そんな発作のあとに、いかに神経性のものだって、酒なんか悪いだろうに」

「私もそう思ってとめたんだけれど、発作がおさまった後は、何か嬉しくなっちゃうらしいのね」

そういってからスミ子は、俄かにはっと、現実の状態を思い出したらしく、黙ってしまった。

「レインボーとかいうレストランへ行ったんでしょう？」

「ええ、バーでお酒のんで、それから御飯たべて」

女は無意識のうちにも、腕輪をいじっていた。飾りの舵輪《ヘルム》が鎖をうって規則正しい響きをたてている。

「七時ちょっと過ぎ頃、レストランを出たっていうけど、あなたは時間についての確信があるんですか」

「確信というと変だけど、もう七時すぎたなっていう覚えがあるの、時計見たから」

「それからどうしました」

「山下公園を散歩して間もなく別れたの。私はそれから又暫く公園のベンチに坐って休んでから帰ったわ。さあ、それでいいでしょう。そこで一巻の終りよ、話は」

渋川道夫は深いためらいを心に感じた。

ききたいのはその先だが、犯人に違いないというメヤスさえつかない女性に、どういう風にして執念深くつきまとってききこんだらいいのか、その方法さえしらない。それに、この女性が、ビショップを殴り殺しそうにも素人目《しろうとめ》には思えないし、犯人でないとすれば、なおさら失礼な話である。渋川は、女に無礼になり切れない自分がはがゆかった。いやそれよりも、人間というものを、まるっきり品物扱いにすべき新聞記者根性のあざやかなたづなさばきを、まだ身につけていないことが、我ながら物哀れに思えた。彼はのろのろと思い切り悪くタバコとライターをポケットにしまいながら、もう一度口をきった。

「あなた自身、ビショップのことをどう思っているんです？」

「どうって？」

「ひとりで暮してる外人なんて、大体似たり寄ったりの癖をもってるもんですからね。あなたにとって、彼は気持のいいボスでしたか、それとも何か困ることがありましたか」

「酒癖の悪い人、あの人は。普断はいいけど、お酒をのむと、何だか粘っこくなって来るよう。でも、日本人の男よりはましね、私に言わせれば」

「そうですか。いや、どうもお手数かけました」

渋川は苦笑して腰をあげた。

3

会社の玄関を出たところで、彼はばったりと、顔見知りのN紙の記者をしている正木という男に会った。「あ、久しぶりだったな。こっちへ来てたのか」

「うん、去年の四月からだ。まだ本社に返してくれねえんで、クサってるんだよ」

渋川は渡りに舟という感じだった。

「ちょっとつき合ってくれないか」

正木は時計を見て、

「いいよ、十二時迄に中区の高等学校まで行かなきゃならないけど、まだ三十分ほど時間はある」

二人は一番近い喫茶店のボックスに向い合いになり、渋川は手短かに、自分の任務を話した。

「そりぁ、あんまり君の役柄じゃねえなあ、そういう仕事は」

「そうなんだ、それで全く弱ってるんだ」

渋川は苦り切って言った。

「今、ビショップという男の秘書という女に会って来たけどね。大したことはわからないんだ」

「警察《さっ》にいたよ、その女は。俺もちょっと見たけどね。動機があまりないんじゃないか。それにあの女が五フィート八インチもある大男を一発でやっつけられるたあ思えないね。もっとも、アリバイがあまりないらしいけれど」

「うん、まあ、そりゃそうだけど、その他何かわかったことないか」

「解剖の結果、毒物もなにもなくて、只頭蓋骨骨折ということだった」

「うん。それから」

「ベーカーという男、知ってるか？」

「ああ、昨日ビショップを誕生祝によんでいた奴」

「そうだ、そいつが、八時少しすぎに、ビショップの家に電話をかけたが、誰も出て来ないので、ビショップの心臓神経症がひどく悪いのではないかと不安に思ったそうだが、今考えてみれば、その時にもう殺されておったに違いないと申したててるよ」

渋川は、手帳を出してメモをとった。

「そうすると家政婦か、住み込みの学生か、それから、秘書もあやしい、ということになるな」

「よせやい、玄人っぽいことというなよ。しかしそういうんなら御説明申しあげるけど、学生にはアリバイがある。七時五十五分、つまり八時五分前に、エトワールって映画館の女の子が、確かに彼が南京豆を買って客席に入って行くのを証言してるんだ。さっき面通しもすんでる。しかもその時間に、彼は映画がどういう場面をやってるかも証言してるけど、映画館の調べでは、それは合ってるそうだ。それに五分や十分でエトワールからビショップ家へ帰って殺すことはちょっと不可能だからな」

「ふむ。家政婦のおばちゃんは？」

「時計が八時を打つのをきいた時、台所の鍵をかけて出て行く準備をしていた、といってる。だから電話がかかって来たのが八時ちょっとすぎなら、誰もうちにいないから返事がないに決ってる、といってるさ」

「その辺のところはもうちょっと、つっこんできく必要あるな」

「よせったら。警察でも、強盗だという見方が強くなって来てるんだ。君、探偵小説なんか好きなのか」

「いや、俺は、血なまぐさいことは一さいダメなんだ」

「じゃよせ。それより今晩まだいるんだったら、夕方一緒に支那メシを食おう。安くてうまいうちがあるんだ。恐ろしく汚いとこだけど」

「ああ、もしそうなったら、君の社へ電話する」

「じゃ、僕もうそろそろ出かける」

二人は立ち上った。

渋川は友人を見送ると、思いなおして、そのまま、アメリカン・クラブの方へ歩き出した。ドナルド・ベーカーに会うにはお昼頃、食事をする習慣になっているアメリカン・クラブへ行けばいいだろう、とバーマ石油会社で教えられて来たのである。

ベーカー氏は夫人と一緒だった。棕櫚の木のかげで、二人は大きな厚いビフテキと、馬の食べるように山もりにもり上げた生野菜にフレンチドレッシングをとっぷりとかけたサラダを食べているところだった。

渋川が用件を述べると、食事をさまたげられたベーカー氏はちょっと不愉快な顔をしたが、すぐ眼の前の空いた席を渋川にすすめた。

「あなたは、昨夜以来、夫を訪ねていらっしゃった二十六人目の方ですわ」

ベーカー夫人は、軽い皮肉をこめていった。

「夫はそれで、ビショップさんの亡くなられたことを悲しむ閑もない位よ」

「最悪の誕生日でしたよ、昨日は」

ベーカー氏も苦笑いしながら言った。

「お気の毒でした」

英語で答えながら、渋川は日本流にちょっと頭をさげた。

「何をおききになりたいんですか」

ベーカー氏はサラダを食べあげて言った。

「ビショップ氏に電話をかけた時間です」

「夫はその同じ質問にもう二十六回答えたんですよ。私はテープレコーダーにとっておいた方が……」

「八時五分すぎでした、最初のは。これは確実です。友人の一人が八時に時間を私にききましてね。私も今八時かとはっきり意識した訳です。今頃は多分ビショップもよくなっているだろうと思って、もし具合がいいようなら、今からでも来ないか、というつもりでした。それで私は、席を立って、寝室に薬、肝臓の薬ですがね、それをのみに上り、すぐ下りて来て電話をかけたのです」

「あなたは電話を長く鳴らしましたか?」

「三十回以上。私はビショップが悪いんだと思いましたね、その時は。二回目の電話は、八時半と九時の間位だと思いますが、それはは っきりわかりません。私はビショップの容態が心配だったんでね」

「その時も誰も出ませんでしたか?」

ベーカー氏はちょっと考えてから答えた。

「出なかったね、それに電話の調子が、全く悪かったんですよ。ガタゴト音がして。私はすぐにも自分で見舞に行きたかったんだが、まだ客がいたので」

「事件を知らせて来たのは誰ですか」

「ビショップのところにいた英語のよく出来るボーイでしたわ」

夫人がいった。

もうこれできくことはなかった。渋川は興ざめた思いで、ポケットに手帳をしまいながら、

「ビショップ氏の秘書についてはどう思われますか。伴スミ子という女ですが」

「そうですね。きびきびした婦人だけれど」

ベーカー氏はちょっと肩をすくめた。

「只私は、ああいうモダーンな日本の娘さんが、どうして外国人ばかり好くのかわからないね。彼女の身のまわりには、いくらでもいい日本人の青年がいるのに」

「ビショップ氏は独身だったそうですが、伴スミ子との間には何か」

ベーカー氏は笑い出した。

「そんなことはありませんよ。ビショップは面倒くさがり屋で結婚出来なかったくらいだから」

「酒癖がわるいというようなことは？」

「さあ、あったとしても、少しばかり御婦人に親切になる位のものでしょう。あなた、お茶でもどうです」

ベーカー氏は渋川にすすめたが、彼はそれをことわった。平和な中年の夫婦の昼食の気分をこわしたことをすまなく思いながら、彼はそれをしおに立ち上って、礼を言うと、クラブを出たのであった。

4

このあたりで、もう渋川道夫は疲れ切っていた。どうどうめぐりで、八時五分の七時十分のと、めいめいが、大変な真理でも発見したようにのべたてるが、そんな時間に、いったいどういう意味があるのだ、とさえいいたくなる。探偵小説というのは、どうも眉唾ものだ。あんなうまい具合に現実の事件が解決することなどあり得ない。

渋川はそれでも、義務感だけで元気をふるいおこして、山手の坂をのぼってビショップ家を探し始めた。問題の家はすぐ見つかった。解剖に附されたというビショップ氏の遺骸はもう戻って来ているのかいないのかわからないが、窓のブラインドは閉めたままで、只入口のドアだけが半開きになっているのが、印象的だった。

家はやや角度のひん曲ったTの字型のつき当りに面しており、前にはテニスコートがあった。左隣は亜細亜軽金属工業株式会社の社員寮のアパートになっている。勿論、山手とはいっても、この辺は本当の一等地ではなさそうだ。そんなことを思いながら、渋川はドアのベルを鳴らした。

やせた中年の女が顔を出した。

「家政婦の海野マサさんに会いたいんです」

「私ですけど。又警察の人ですか、あんたは」

「いや僕は新聞記者です」

渋川は名刺を出した。

「昨日からほんとに入れかわり立ちかわり、何人みえたかわかりやしませんよ。あんた方はめいめいが初めてだからいいけど、こちらは同じ話ばかりするんだから、かなわないですよ」

「すみません」

渋川は頭をさげた。又もや彼は、出来るものならこのまま引き下ってしまいたい衝動にかられたが、そこは辛うじて踏みとどまった。

「よくわかりましたが、亡くなった人のことも考えて下さい。僕は記事を書くんじゃなくて、亡くなった人の知人に報告を送るためなんです」

「じゃ入って下さい。私も忙がしいんだから簡単にお願いします。旦那さんのお兄さんって人がカナダとやらから、わざわざ来るんだそうでね、その仕度もあるし――」

「その人のためにも、僕は報告をまとめておきたいんですよ」

そういいながら、渋川は不機嫌な家政婦の後に続いて家の中に入った。

むこうはちらかっているから、こっちへ廻って下さいと通されたところは、玄関をすぐ左に折れて客間を通りこしたところにある食堂で、明かるいアトリエのような大きいガラス戸がはめこまれているが、その一部分が無惨にも割れていて、渋川をぞっとさせた。

「ここから入ったんですね」

「そうですよ」

「足跡は？」

「一組だけ、逃げて行く時の足跡があるんだそうですよ。警察の人が言ってましたよ。それというのも、あなたが自分で見りゃおわかりですけど、窓の下には細いコンクリの土台が出っぱってるんです。かにみたいに横ばいにゆっくり伝って行けば、足跡を土の上に残さずに行ける位のね。だけど、旦那さんを殺した後は恐ろしくなって慌てて足跡も何もかまわず逃げたんでしょう」

「なるほどね」

渋川は我ながら頼りなく思うような返事をした。

「どんな足跡なんです？」

「普通の男ものの靴だそうですよ。詳しいことは警察へ行って聞いて来たらいいじゃありませんか」

「家の中の足跡は？」

「この通り全部じゅうたんが敷きつめてあるんでね」

「昨夜、あなたは外出したそうじゃありませんか。何時でしたか？　家を出たのは」

「八時ちょうどですよ。台所の鍵をかけて出る時、時計が鳴っていたんだから」

「実はさっき、僕は、きのうビショップさんが招ばれていたベーカーという人に会って来たんですが、ベーカーは、八時五分頃に、この家に電話したが誰も出て来なかったところを見ると、その時にはもうビショップは殺されていたに違いないと言い張ってますよ。秘書の伴さんという人も、ビショップ氏とは、七時すぎに別れたといっている。そうすれば、そのあとは、あなたと同居の学生さんとで、どんなことも出来た筈だ」

「ばかなことを言わないで下さいよ。第一、私が何の必要あって旦那さんを殺さなきゃいけないんです？　木津さんがそんなことをしなかったことは私が証明しますし、私がそんな女じゃないことも木津さんが証明してくれますよ」

「しかし木津という人のことは別にしても、あなたは木津さんより後に残っていたんだから」

「とにかく、私は七時五十分頃、弟から電話がかかって来たんで、今他に誰もいないから本当は具合がわるいんだと言ったんですけどね、どうしても、今来てくれろというから、普断着のまま、すぐとび出したんですよ。八時二十分迄に桜木町駅に来いというんですから、すぐ行かなきゃ間に合わないでしょうが。八時すぎのいつ電話がかかって来たって、私はいない道理なんだから」

「あなたが、桜木町駅に八時二十分すぎにいたことを証明出来る人はいるだろうか」

「あんなだだっぴろい構内で、しかも寒いから私は柱のかげにいましたよ。誰も気をつけて見てもいなかったでしょう」

「弟さんは？」

「十五分ばかりおくれて来ました。それからあと、二人で駅前のアサヒ食堂へ入ってね。何しろ寒くて、とうてい外じゃ話も出来やしませんよ。そこでは給仕が、私達を覚えていてくれたそうだけど」

「十五分おくれた、というと八時三十五分ですね」

「ええ」

「確かですか」

「何しろ、こっちは待ってたんですからね。寒いのに待たせるから時計ばかり見てましたよ」

「弟さんは、どちらから来たんでしょう」

「電話をかけて来た時は鶴見からだといってました。何でも用事があって折角鶴見まで来たんだから会っておきたいなんて言ってたんですよ」

「あなたがビショップさんのところへ勤めていることは知ってたんですね」

「ええ、ここへ住みこんだばかりの頃、道で偶然会ったんで、ここへ連れて来てお茶をのましてやりましてね、電話番号も教えておきましたよ。どんな出来そこないの兄弟だって、見殺しに出来ない場合もあるからねえ」

「しかし、どうして鶴見から桜木町まで来るのに十五分もおくれたんだろう」

「電車を反対の方角に乗り違えたって言ってましたけど」

「弟さんの職業は？」

「時計の修理のようなことをやってたこともあるんだけど、なかなか一つ仕事がつづかないんです。女房、子供から半ば愛想つかされてますけど、私から言わせれば、弟は人がいいからいつも人に瞞されるんですよ。その証拠に、戦後、物のない時代に、弟はいろんなブローカーみたいな仕事やってて、随分景気がよくてね。そんな時には嫁さんに、何やかやと買ってやってましたよ。夫婦は他人というけれど、全く、よく言ったもんですよ。よくしてもらってる間は何もいわないで、少し具合が悪くなると、すぐ冷くなるんだからね」

「失礼ですけど、そんな調子じゃ、弟さんがあなたに会いたいというような時は、お金の無心とか何とかじゃないんですか」

「そういう時が多かったから、私も昨日はいやあな気がしてましたけどね、会ってみたら、最近はどうやらやってるから安心してくれろということでしたよ」

渋川はメモをとり出して時間の関係を素早く計算してみた。

もし、この家政婦がビショップをやったとしても、彼女は充分その閑があった筈である。

学生の木津は七時半に出かけて行った。伴スミ子は七時ちょっとすぎに山下公園の傍でビショップと別れたのだから、七時半すぎには、もうビショップはいつでも家に帰っていることが出来る。凶器が、重い仏像であるのだから、力はなくても半ば投げつけるようにふり下ろせば、この女にだって殺せない訳はない。女は、自分は時間通り桜木町駅へ行ったといっているが、彼女が八時三十五分より前に桜木町へ着いていたという証拠はどこにもないのだ。

又もし、この女が犯人でないとすれば、犯人は、家政婦の出て行くのを見すましてから侵入し、偶然帰って来たビショップに見つかって殺したということになる。

どちらも甚だ頼りなかった。

「弟さんの御住所はどちらでしょうか」

きいたものの、渋川は果してそんなものが必要なのか必要でないのかわからなかった。

「わからないんです。最近の住所は知らないんですよ。女房、子供は板橋の方のアパートにいるけど、そこへ行くと金をせびられるからあまり行かないらしいですよ。警察の方で探すっていってましたから、探し出したらお会いになったらいいでしょう」

渋川は相手が非常に不愉快そうな顔つきをするのを見た。

「弟さんの写真を見たいんですけど」

「それもたった一枚あったのを、警察で持って行きましたからね」

「そうですか」

すると、玄人筋の見方では、そのへんが狙いどころなのかな、と渋川道夫はぼんやり思った。

「どうも、すみませんでした。ところでついでですから木津さんにもお目にかかりたいんですが」

「呼んで来ましょう」

相変らず不愛想な表情のまま、家政婦は出て行き、間もなく、Vネックの小豆色のセーターをやせた長身に着た青年が現れた。

「木津ですが」

渋川はもう一度自己紹介と、不愉快な質問をしなければならぬ理由を、歯切れ悪くのべた。

「なんなりとどうぞ」

青年は憂鬱そうではあったが、家政婦のように邪慳なところはなかった。

「映画はお好きですか」

渋川も微笑し、青年も微かに笑い返した。

「はあ。恋愛映画はあまり見ませんが、他のものは時々」

「エトワールという映画館へはよく行くんですか」

「あそこは僕好みの映画をよくやりますし、二本だてで百円で、安いですから、僕のような境遇のものには気楽でいいんです」

「あの日のことを少し話してくれませんか」

「七時半頃家を出ました。僕は四時以後は自由にしてもいいことになっているんですが、昨日は何となく大学へ行く気にもならないんで、一晩遊ぼうと思ったんです。二本だてで、シェーンと赤い連発銃というのをやってましたけど、シェーンは古いものだし、きっと赤い連発銃の方を後からやるに違いないと思って、大体時間を見はからって行ったんです。シェーンの方は僕もう見てますから」

「エトワールへ入ったのは？」

「ですから八時ちょっと前頃でしょう。つまり僕はその時南京豆の袋を買って入って行ったんで、売り子の女の子も、覚えていて、丁度その位の時間だと言ったそうです」

「何時頃帰りました？」

「十時近くです。ここへ帰る途中のタバコ屋さん、坂のずっと下の方にあるんですけど、そこでタバコを買おうとしたら、ビショップさんが殺されたと教えてくれたので、かけ戻りました。その時には、もう警察の人たちも来ていましたが」

「そうですか」

渋川はもう質問することもなくなったような感じだった。

「映画は面白かったですか？　僕も西部劇は好きなんだけれど」

「騎兵隊ものっていうのは、朝鮮戦争の副産物だと思うんですが、あの映画は騎兵隊ものの末期的症状ですね。おかみさん達に銃をつきつけられると、兵隊の方がおそれをなしちゃって丸っきり威勢が悪いんです。それは最後の場面なんですが。傑作でした」

彼は青ざめた頬を歪めて笑った。

「あなたは、ビショップさんに学校へ出して貰っていたという訳？」

「ええ、ビショップさんは大変かわいがってくれました。僕は妹が一人あるだけで親もないので、大学へ行くことも半ばあきらめてましたが」

「妹さんは？」

「今、結核で入院してます」

「入院費やなんか大変でしょう」

「医療保護を受けて、それから伯父が一人、少しは月々出してくれますが、本当にかわいそうです、妹も。でも、あと二年で僕も何とか大学を出て少しは収入もあるようになるでしょうし。しかしそれにしてもビショップさんが、こんなになってしまって」

「そうですか」

兄と妹がひっそりと寄りそって生きて行く将来に、大した希望がありそうにも思われなかったけれど、それでも二年後の生活を一筋に見つめているらしい青年の言葉を通して、渋川は何となく人生のはかなさと厳しさを思った。

「僕がちょっと気になってるのは、秘書の伴さんという人ですけれどね。君はあの人よく知ってますか」

「よく、というほどでもありませんけれど、ごくたまには」

「どんな人なんですか」

「ああいう女性は僕にはわかりません」

「派手ごのみですね」

渋川も何気なく同意した。

「僕など、まかりまちがえば結婚したくなるかもしれない、というような人でなければ、まあ、あまり気にもしないのですが」

「いつもどんな服装をしてます？」

と渋川はきいた。

「さあ、あまり印象に残っていません。縞もののブラウスに黒いスカートかなんかで、洋服は地味ですが、髪や爪は染めてるし、あの人は腕にじゃらじゃらつけるのが好きですね。金色の太い鎖に小さな舵輪《ヘルム》をぶらさげたものなんかをちゃらんちゃらん鳴らしていて落ちつかないです」

「そう、僕が訪ねて行った時もそんな恰好してましたよ」

「僕は好きじゃありません。ああいう女の人は、何考えてるのか、ほんとにてんでわからないんです。もっとも僕はどの女の気持もわかりゃしないんですが」

渋川は微笑した。それから何気なく窓外に目を転じながら、

「ビショップさんの自動車は？」

「あそこにあります」

木津青年のさし示すままに、渋川は窓から庭の植えこみをのぞきこんで、目のさめるような赤い色の車がとまっているのを見た。

「随分派手な車だけど、なんですか？」

渋川は自動車のことにはくわしくなかった。

「五五年のシボレーのベレヤーです」

「あそこに止っているとすると表からはあまり見えませんね」

「ええ、どうしてですか」

青年はこころもち厳しい顔つきをした。

「いや、ビショップさんの自動車が、何時にここへ戻って来ていたかを目撃している人があれば、捜査の範囲もぐっとせばめられると思うんですが」

青年はちょっと黙ってから、

「それは、むずかしいかもしれませんね。ここらへんは、夜になると、本当に人通りが稀ですから」

「そうでしょうね。いや大変お邪魔しました」

「失礼しました」

神経質な面持の木津青年に送られて、渋川は玄関を出た。犯行のあった部屋を見たいと思ったが、そういう点についてなら、改めて正木にきいてもわかるだろうと思って、彼は背中をまるくして山手の道を下って行った。

5

その夜、七時頃、伊勢崎町の小さな旅館に宿をとると、渋川は早速東京の社へ電話をかけた。

調査を命じた外人のボスはもう帰ってしまっていなかったが、デスクには田所という男が残っていた。

「今日、やっぱりこちらへとまることにします」

「目鼻はつかないかね？」

「足を棒にして歩きましたが、こういうことは、どうも……」

渋川は、思わず憂鬱そうな調子になった。

「家政婦、同居の夜学生、秘書、それから被害者をその夜招いていたベーカーという男、この四人に会いましたが、皆一応のアリバイみたいなものはあるんですが、完全という訳にはいきません。疑えば、どれも疑えます。ベーカーのアリバイだけは確実ですが」

渋川は田所の笑い声を遠くにきいた。

「アハハ、君、それじゃ犯人は案外、そのベーカーかもしれんぞ」

「は？」

「いや、探偵小説ではよくそんなふうになっている」

「はあ、いや実は」

「明日はどうするね？」

「いや、実は偶然、N紙の正木という男がこちらの支局に来ていまして、中学の時の友人ですから、何かと便宜をはかってくれました」

夕食の支那飯は、食べに行く元気はなかったが、正木は電話で新らしい情報を教えてくれた。それによると、警察は、事件にどうやら見通しをつけたようで、渋川は一日の重労働が全くの無駄骨おりになって、いっそうがっかりしたのであった。

犯行のあった夜、ビショップ家の近くのタバコ屋で、（これは恐らく、木津明がタバコを買った店と同じなのだろう、と渋川は思ったが）バットを買い、電話をかりた男は、家政婦の海野マサの弟と同一人物だということが判明した。姉に鶴見から電話をかけていると言った男が、ビショップ家の近くに来ていたことはおかしい。それ位なら、姉を訪ねればいいということで、弟の立ちまわりそうな先には、もう手がまわっている。

渋川はそのあらましを田所に報告して、

「というような訳で、あすの朝になれば、もう少しはっきりしてくると思いますから」

と言い訳がましく言った。

「そうか、それなら」

と田所は電話を切りそうにしたが、渋川は、

「僕はでも、どうも秘書の件スミ子という女が気になって仕方がないんです」

といいそえた。

「そうか」

田所は困って、

「まあ、君もあんまり体を使わないでさ、今容疑者があがってるなら、そっちの方のカタがついて、間違いだとわかってから、又動けよ」

とそこでちょっと声を低めて、

「要は、ボスが納得すりゃいいんだからな。何もいそいで犯人を探す必要はないさ。とにかく明日中には、君が何とか目鼻をつけて帰って来てくれることを祈るよ。こっちも君がいないと忙がしくてたまらないよ」

「はあ」

電話を切りながら、今や渋川は、何となく自分の腕前を相手が正当に買ってくれないのを不満に思うようになっていた。

確かに容疑者をあげる、という点では、警察の方は早く、自分のしたことが全くムダだったといえばいえないこともないけれど、自分は夕方、最後に、伴スミ子のアパートを訪ねてみたのである。犯行のあった昨夜、伴スミ子が何時にアパートへ帰っているかが、はっきりわからない。スミ子の部屋は一階の端で、裏口からも入ることが出来、そうすれば、誰にもわからずに部屋に入ることもむずかしくない。九時ちょっとすぎに、一つおいた隣の部屋の若い夫婦者が映画から帰って来て、確かにスミ子の部屋に電灯がついていて、彼女の歌声をきいたと言う。あのハイカラな女が住むにしては、いかにも貧しげな寒々としたアパートであるが、いつものように英語だかなんだか、とにかく日本語でない歌を歌っていたというのだから、九時すぎにスミ子が帰っていたのはまちがいないだろう。

渋川が、自分にも、ちょっとした探偵の才能があると自負したのは他でもない。彼より前に既に警察からもききに来た、というアパートの管理人の言葉である。少くとも玄人のおさえるツボを、初めての経験の自分もはずしてはいない……

渋川は、すぐバーマ石油会社に電話をかけて伴スミ子をつかまえようとしたが、こちらの名前をきいただけで、相手は居留守を使っているらしく、出てこない。向うまで出むこうかとも考えたが、思いなおして、もう一度英語で呼び出しをかけてみた。

「ハロー、こちらはビショップ氏の秘書ですが」

と女の甘い、鼻にかかった英語の声が聞えたので、渋川は早口に言った。

「僕です。渋川です。どうぞ電話を切らないで」

「何の御用?」

邪慳ではあったが、女が電話を切ろうとはしなかったので、渋川はほっとした。

「お願いだから、本当のことを言って下さい。あなたは昨日、七時にビショップと別れてから、どこで何をしていたんです。僕は疑っている訳じゃない。しかし、たしかに君はその間、アパートに帰らず、どこかにいた。君がアパートに戻ったのは九時をずっとすぎてからだった」

「そんなことはないわ。私は九時にはもう、帰っていたわ！」

叫んでから、はっと口を滑らせたことを後悔しているらしい様子のスミ子の呼吸を、渋川は電話のむこうに感じた。

「その間何をしてたんです？」

「山下公園の暗がりのベンチにひとりで坐ってたの」

「この寒いのに二時間近くも？」

「昨日は珍らしく風がなかったのよ」

「ビショップの車はどの辺にとめてあったんですか」

「最初はレインボーの前、その次は山下公園の外のオーシャン・ホテルの前」

と答えてから又もや彼女は、何故かしら、はっとしたようだった。

「最後にもう一つ、きかせて下さい。あなたは、何色のコートを着ていましたか。ビショップは？」

「私は藤色、ボスは、茶色だわ。答えることはもうそれだけでいいの？　とにかく私はボスに別れた後、公園の暗いベンチに坐って考えごとをしていたんですからね。誰も私を見ていなかったことは確実だわ。だから、私には、あなたのお好きなアリバイなんかないわよ。でも、私は人殺しじゃありませんからね」

そこで電話はぴしゃりと切られた。

宿へ帰って容疑者があがったときく迄は、渋川は結構、意気揚々としていたのだが……。

6

一夜の眠りで、渋川は翌朝元気になっていた。眼をさましたのは不覚にも九時すぎである。

横浜日報という地方新聞を頼んでもらって来てもらって一瞥すると、渋川はすぐ、N社の横浜支局へ正木を呼び出して電話をかけたが、たった今、記者クラブへ行った、ということである。クラブの電話番号を教えてもらい、洗面と便所をすませてから、もう一度、せかせかとダイヤルをまわした。

「やっぱり家政婦の弟か？」

新聞には、ビショップ殺しの容疑者として、被害者の使用人、海野マサの弟、海野土之助（四十五歳）が逮捕されたと報じられていた。

「窓の下にあった靴型が、海野の靴とぴったり一致したし、タバコ屋の件もあるしな。ほぼ間違いないだろうという事だ。ただ、海野は姉をおびき寄せて、ビショップの家に盗みに入ろうと思ったが、食堂の窓の下で、硝子を割ろうとした瞬間、玄関の方へ誰か来たらしいベルの鳴る音がしたんで、あわてて逃げ出したと言い張ってはいるがね。奴は何してたかわかりやしないけど、前科はないんだそうだ。食堂の窓の下から逃げてだな、暫く植込みの中にかくれていたけれど、恐ろしくて恐ろしくて、たまらなくなって、もう盗みに入ることはやめようと思ったんだそうだ。ビショップを殺さなかったのは、勿論食堂のガラスさえ割らなかった、といい張ってる」

「指紋は？」

「部屋の中にも問題の仏像にも、ビショップと他に家の人間の指紋しかないらしいぜ。もっともそれは手袋という奴を使えばなんでもないけど」

「一体、それはいつのことなんだろう」

「そうきくだろうと思ったから、君のためにメモをとっておいたよ。ええと、ちょっとまてよ。八時か八時ちょっとすぎだそうだ」

「すると……おかしいな。僕はこんぐらかって来たよ。一体八時頃、家へ帰って来たのは誰なんだ」

「まあ、そこらへんは、後でゆっくり考えてくれよ。とにかく連中は、海野に泥をはかせる気だ」

「うん」

と渋川はひとごとのようにぼんやり返事をしてから

「君はビショップの家をよく知ってるか？」

「一応ずっと見たけど？」

「あの食堂のガラスがもっぱら問題になってるけど、あれより他に侵入するのに適当なとこはないのか？」

「まあ玄人からみれば知らんがね。俺がやるとしたら、やっぱりあそこだね。あとは、ドアの錠が閉っているとしたら、どの窓にも唐草模様の鉄格子がはまって、やりにくそうだな。じゃ又もしなんだったら昼頃電話しろよ」

渋川は相手が、受話器をかけてからしょんぼりと自分も電話を切った。

そこまで道がつけば、警察は恐らく、着々とやるべきことはやるだろう。いつもの自分の仕事の手順通り、入って来たニュースをホンヤクしさえすれば、ボスへの報告書になる。

しかし、渋川は思いなおして、外套を着ると最後にもう一度、オーシャン・ホテルの前へ行ってビショップの車が、何時までそこにあったか、見ている人間がいないか探しに行こうと思った。これは、かなり当てのないことのように思えたが、一夜の眠りが、渋川に肉体的な力をとり戻させていた。

「一昨夜、十八日の木曜の晩に、おそ番だったボーイさんに会いたいんだけど」

渋川はホテルの回転ドアの内側に立っている背の低いボーイに言った。

「木曜の晩なら私ですが」

「僕は、東京のデイリー・テレグラム社の者ですけどね。君、これをとっておいて。手数をかけるから」

渋川は、財布から百円札を三枚とってボーイの手におしつけた。

「君に思い出してもらいたいことがあるんだ。君は自動車好きかね？」

「好きです。自動車の修理工になればよかったと思ってる位です」

「じゃ年式なんかよくわかる？」

「ええ」

ボーイは確信のある目つきをした。

「木曜日の晩ね。このホテルの前に、真赤な車の止っていたの知らないか？　消防自動車みたいに赤い、いやらしい車なんだ。車の型はね、ええと」

渋川は不恰好にも手帳をあけてみてから、

「シボレーの五五年型のベレヤーだ」

「とまってました」

「ほんとにみたの、君」

渋川は偶然の僥倖に手を合わせておがみたい位であった。

「いつ頃とまっていたか、いつ頃その車が出たか覚えてないかね」

「ええと、ちょっと待って下さい。わかりそうな気がします」

ボーイが考えている時間が、渋川には永遠に続くかのように長く感じられた。

「ええと、あれは、どなたかお客さんがたたれたすぐ後でした。お客さんは誰だったろう。外国人だったけれど、あ、思い出した。マクリーン夫妻です。急行の汽車で京都へ行かれるんでお送りしたんですが。ちょっと待って下さい。今フロントの人にきいて来ます」

ボーイはすぐ戻って来た。

「横浜発二〇時三四分発の急行明星の特二をおとりしたそうです。ですから、こちらを出られたのは、八時十分過ぎ位でしたでしょう。ここから駅までは十分ちょっとで着いてしまいますから」

「それで、その赤いシボレーはその時まだいた？」

「ええ、いました。うちのお客さんの車なんだろうか、そうとすれば誰の車だろう、と思いました。あんまり赤かったもんだから」

「それで？　その車にのる人はみなかったかい？」

「見ましたけど」

「いつ？」

「マクリーン夫妻の出発を見送ってから、僕は又、ここへ来て立ってました。そして暫くしたら、あの赤い車に乗る人がみえました。あそこに注意《ノーティス》が出ていましょう」

　ボーイは渋川に、通の反対側にある大きな白い立札を指した。そこには、英語と日本語の両方で、近頃、自動車の盗難が多いので、くれぐれも、カメラや貴重品などを車内におき放して行かないようにという神奈川県警察の警告を読むことが出来た。

「あの立札がかえってこの頃、やっかいになってるんです」

　ボーイは続けた。

「最近、変な商売が出来て、駐車している車を勝手に洗っちゃう奴があるんです。車に帰って来たお客には、車を洗ったから洗車代《カー・ウォッシ》に百五十円くれとかなんとかいう。お客が渋い顔をすると、ここの注意にも書いてあるように、この頃悪い人間がいて車にどんな悪戯をするかわからないけれど、自分達は、それをそれとなく見張ってもいたんだ、というような具合に言って百五十円をせしめるんです。しかし勿論、外人のお客さまの中には、こういうことをとてもいやがる方もいるんで、私たちはここに立っていて、前にとまっているのがお客さまの車だとわかっているような時は、そういう奴らを追い払うようにしているんです。つまり、何となく道の向う側を見る癖がこの頃ついているんですが」

「そしたら、丁度、その赤いシボレーが動き出したのを見た？」

ボーイは頷いた。

「はっきり、慎重に考えて答えてくれたまえ」

渋川は思わず、相手の肩をとらえた。

「車にのって行ったのは誰か。男か、女か」

「男と女です」

「どんな男と女？」

「よくある組合わせです。男は外人、多分アメリカ人です。茶色の外套を着てました。女は外人みたいですが、あれは日本人です。髪の毛を染めていました。東京は知りませんが僕はここの女に関する限り見る眼はあるつもりです」

ボーイは小生意気に言った。

「遠いからよくわかりません。髪の毛の少しうすい人じゃないでしょうか。そうだ、多分眼鏡をかけていました」

「女は？」

「よく覚えていません。髪を長くたらしていました」

「外套の色は？　君、外套の色は」

「思い出しません」

「だめかなあ？　君。それは藤色だったとは思わないか」

こういう暗示を与えるような質問はいけないと知りながら、渋川は焦った。

「そうだったかもしれません。藤色とか灰色とか水色とか、とにかく夜、あまり目立たない色だと思います」

「そしてその外人の男と髪の赤い女は一緒に車に乗ったんだね」

「ええ」

「一緒に走って行ったんだね」

「ええ」

「ありがとう」

渋川は夢中でホテルをとび出した。

今日も美しく晴れた冬の朝であった。

バーマ石油株式会社の入口で、渋川はぱったりと伴スミ子に会った。

「又何か御用？　私これからお葬式の準備に行くとこなのよ」

スミ子はおもむろにハンドバッグからサングラスをかけた。《俺と話をする時には、いつもサングラスをかけるんだな》と渋川は思った。

「話はちょっとでいい、簡単なんだ。僕は君が嘘をついていることを確めた。オーシャン・ホテルのボーイが、君とビショップが八時十分か二十分頃、赤いシボレーにのって立ち去るのを見ている」

渋川はずばりとそう言い切って相手の目を見つめた。黒いサングラスでスミ子の目の表情は見えなかったが、唇がぴくぴくとふるえるのを、彼は見守っていた。

「八時二十分以後、ビショップが殺されて発見される迄の話をしてもらいたいんだ」

「犯人はもうわかったっていうんじゃないの、今朝の新聞では。だからありのままを言うわ。あの日ビショップは、私に初めて、少しいやらしいことをしたのよ。お酒の上のことだったと思うけど。御飯たべて散歩して、私に腕輪を買ってくれて、家へ帰った時もちょっと寄って行けってきかないの。私あの人と仕事の上か、さもなきゃちょっと礼儀正しくつき合うのは好きだけど、けだものじみると恐ろしいから、間もなく逃げ出して来たのよ。お酒くさい口で接吻なんかされるのまっぴらでしょう」

「いつ逃げ出したんです？」

「八時四十分だと思うわ。九時にはもうアパートへ帰っていたんだから」

「その時、ビショップは生きていましたか」

「ばかなこと言わないで頂戴。お酒のんで興奮して、ソファに坐って一人でふむ、ふむ言ってたわ」

渋川は戸惑った。これは一体どう考えたらいいのかわからないのである。

「あの晩あんな目に会うと知ったら、もう少し優しくしてあげてもよかったわ。ばかでしょう。女ってそんなふうに考えるばかなのよ。あの日までそんなことは全然なかった人なのに、虫が知らせたのかしら。あの晩この腕輪を買って自分の手で私の手首につけてくれたのよ、ボスは。かたみに大事にしてるって訳でもないけど。こんなの前から欲しかったの」

スミ子はおもむろに黒い外套と黒い手袋の間から、小さな金色の舵輪の飾りのぶら下った腕輪を出してみせた。

「ちょっと待って」

電撃的に、渋川は息がつまるのを覚えた。

「その腕輪、昨日初めて買ったんだな」

「そうよ、どうして？」

「電話を貸してくれないか。僕には犯人がわかったような気がする！」

7

木津明の逮捕と自白の記事ののっている新聞を持って、渋川は翌日の午後社へ帰った。

デイリー・テレグラム社では、思いがけない渋川道夫の腕前に、呆気にとられているといった状態であった。

「凄いじゃないか、君、驚いたよ、全く驚いた。君にそんな特技があるとは思わなかったね」

田所は、椅子から立ち上って、ガイセン将軍でも迎えるような熱狂の仕方である。問題の調査を依頼したボスはいなかったが、おめでとう《コングラチュレーション》を言って肩をたたきに来る外人もあり、渋川は面映い思いであった。一しきり騒ぎがおさまると、渋川は田所に、

「田所さん、何か急ぐ仕事あるんですか」

「いや、どうして？」

「よかったら、僕、下宿へ帰ってねたいんです。一眠りしたら、夜報告書を作って、明朝持って来ます」

「いいとも、そうしてくれたまえ」

——そして翌朝、渋川が届けた、事件の報告書は、英文で次のように書かれてあった。

バーマ石油株式会社販売主任トーマス・E・ビショップ氏殺害事件に関する報告書

ビショップ氏は、一九五×年二月十八日夜、横浜市神奈川区S町一五一の自宅において殺害され、二日後の二月二十日、同氏宅のボーイ、木津明（二十二歳、L大学学生）が同事件の犯人容疑者として逮捕された事件につき報告いたします。

事件発生の当夜、ビショップ氏は、午後四時から五時までバーマ石油株式会社の会議に出席、その後、同じくバーマ石油株式会社人事部長、ドナルド・P・ベーカー氏の誕生祝に出席する予定のところ、持病の心臓神経症の発作をおこし、秘書の伴スミ子（二十五歳）のビタカンファー注射による応急手当を受けました。このためにビショップ氏は、誕生祝に出席することを断念、ことわりの電話をかけました。しかし同氏は休養中、急速に症状が軽減し、万一、発作がぶり返した時のために、秘書を自動車に同乗させて、バーマ石油株式会社を出ましたが、家へ帰っても夕食の仕度が出来ていないことを思い出して、山下公園附近のレストラン〝レインボー〟で夕食を取ることを思いつきました。ビショップ氏はまずバーで酒をのみ、——いつもよりむしろ多量な位——ついで、食事をしました。七時十分頃、レストランを出て散歩、附近の洋品店でスミ子のために、彼女のほしがっていた腕輪を一個買いました。この腕輪は偶然事件解決の鍵となったものでありますから、簡単に述べますが、ラインゴールド製の鎖に同じくラインゴールドと模造ダイヤで飾った小さな舵輪型の飾りのついているものです。ビショップ氏と伴スミ子は、それから真直ぐビショップ邸に戻ろうとして車にのりましたが、あまり美しい夜であったのと、且つ、ビショップ氏がまだ酔からさめず、微かに運転に危険を覚えたので、もう一度、オーシャン・ホテルの前に車をとめ、山下公園のベンチで時間を過そうということになりました。あたりの雰囲気に誘われ、又酒を飲んだ直後でもあるので、ビショップ氏は、伴スミ子に優しく親切であり、二人は情緒的にもかなりたのしい時間を過したようです。

八時二十分頃になって、二人は公園を出、伴スミ子はその儘帰ろうとしたにも拘らず、ビショップ氏はそれをひきとめ、二人は八時二十五分頃には、ビショップ邸に入りました。しかし、そこでビショップ氏は、スミ子に対して、いくらか積極的行為に出たため、スミ子は驚いて、間もなくビショップ家をとび出したのであります。

しかしスミ子は、その夜の事件を知るや、自分に容疑がかかるのを恐れ、レストランを出るとすぐビショップ氏と別れた、と述べたため、事件は暫く混乱しましたが、以上伴スミ子の供述は大体に於て間違いないものと思われます。

前述のベーカー氏は、ビショップ氏が急病の為、自分の誕生祝に来られないのをきいて、八時少しすぎと、八時半から九時の間に一度、と都合二回見舞の電話をかけていますが、その二度とも応答ありませんでした。そのため、ベーカー氏は、八時少しすぎにビショップ氏は殺されていたのだという意見を出しましたが、これは明らかに間違いでありました。八時少し過ぎには、ビショップ氏は、伴スミ子とまだ山下公園のベンチに坐っていた筈であります。そして八時ちょっとすぎの電話に応答がなかったのは、その時、ビショップ家には誰も、人間がいなかったからです。

その理由は次のようであります。

ビショップ家には二人の使用人がいました。犯人の木津明と、家政婦の海野マサ（五十歳）であります。

犯人については後で詳述しますが、犯人は当夜七時に海野マサと夕食をとり、七時半頃、映画に行くと云って外出しました。その直後、七時五十分頃、マサは、弟の海野土之助（四十五歳）から電話を受け、三十分後の八時二十分に桜木町駅で会いたいからという相談を受けました。マサはその日は、ビショップ氏が誕生祝に行っているものとばかり思っていたので、行くことを承諾し、普断着のまま戸じまりをして裏口の戸から出て行きました。その時マサは、時計が八時をうつのをきいているのであります。

マサは約束の時間に、桜木町駅につきましたが、電話では鶴見駅にいるという弟はなかなか現れず、遂に八時三十五分まで、そこで待たされました。

さて、その間、海野士之助は何をしていたかを言わねばなりません。彼は電話をかけた時、鶴見駅などにいませんでした。ビショップ家のすぐ近くのタバコ屋で、バットを一つ買うと、桜木町までどの位時間がかかるかをきいて、ビショップ家に姉のマサに電話をしました。七時五十分のことであります。

幸いマサが電話に出たので、相手の名も自分の名も言わずにすみ、マサと桜木町駅で会う約束をしました。

しかし彼は本当はマサに会うつもりなどなく、かねて姉を通していくらか様子を知っていたビショップ家で盗みを働くつもりで、姉をおびき出したのであります。姉の電話で、家が全く留守になることを知ると、彼は幸運に喜びながら、すぐビショップ家の傍まで行き、マサが出て行く後姿を見送ると、足跡を残さぬように注意してコンクリートの土台を伝って食堂の窓の下まで辿りつきました。

しかし彼はここで急に恐ろしくなった、と供述しています。この海野土之助は、ブローカーその他の商売を転々としましたが、ブローカーとしての腕も達者でないらしく、しかし前科はありません。食堂の窓ガラスを叩き割ろうとしているうちに、突然家の中の方でベルの鳴る音がしたので、てっきり玄関に誰か来たのだと思い、慌てて植こみの中に逃げこんで、そこで暫くじっとしていました。その時、彼は足跡を残したのです。

彼はそうしているうちに、侵入する元気を失い、今ならばまだ桜木町へ行って姉に会うことも出来ると思い、すぐ現場を離れて、八時三十五分桜木町につき、嚢中二百五十円位しかなかったにも拘らず、つとめて明かるい顔で借金も申し出でず、何気なくしていました。

この二人が八時三十五分以後駅前のアサヒ食堂にいたこと、及び、電話を借りたタバコ屋での海野土之助の顔は承認されています。

さて、いよいよ犯人の足どりでありますが、犯人木津明は、ビショップ氏が三年前日本に来て間もなくから、同家のボーイとして使われていましたが、同人がビショップ氏に好意と信頼を寄せていたことは確かで、それがこのような結果を生むに至ったということについては、全く運命のいたずらというより他はありません。

犯人木津は、ビショップ氏からL大夜間部へ通うことを許されましたが、同人の妹は長く結核療養中で、最近は手術の必要もあり、何とかしてその費用を工面しなければならなくなっていました。しかし気の弱い同人は、ビショップ氏に借金を申し込むことも出来ず、遂に盗みを働くことを計画、その準備をしました。まず、ビショップ氏がベーカー氏の誕生祝に招かれていることを知ると、その日を犯行の日に定め、明らかに外部から入ったもののように見せかけるため、自分のアリバイを用意しました。

彼は犯行の前日、憲法の講義で学生が多く、欠席してもあまり他人に気づかれないのを利用して、エトワール座へ行き、「シェーン」と「赤い連発銃」の二本だてを見、映画が時間表通りに映写されているのを見確めておきました。

犯行の夜、木津明は七時に海野マサと食事、秘かにビショップ氏の皮手袋を持ち出して、映画を見るからと、七時三十分頃ビショップ家を出、真直ぐにエトワール座へ行くと七時五十五分、「赤い連発銃」が始ったところでしたが、アリバイを作るために人気のない廊下の売店で南京豆を買い、売子に顔をおぼえさせるために、わざとぐずぐず金を渡したりしました。それから彼は売子のすぐ目の前のドアから中に入り、そのまま別の口から出て、映画館を出、八時十分頃、やっとビショップ家へ辿りついたのであります。

ここでお気づきと思いますが、ベーカー氏が八時少しすぎにビショップ家を呼んだが誰も出てこなかったというのは、ビショップ氏が殺されていたからではなくて、ビショップ氏は伴スミ子と公園におり、家政婦は外出し、木津明も映画館からの途上にあり、即ち誰も家の中にいなかったからでした。そして、海野土之助が誰かが表の呼鈴のベルを鳴らしたと思って慌てて逃げたのは、実は、ベーカー氏がかけた電話のベルだったのです。

木津明が犯行にその時間を選んだのは、海野マサが、八時頃になると、さっさと自分の部屋に入って早くからぐっすり眠る習慣があることを知っていたからです。

さて、海野土之助のことなど夢にも知らず、入れ代わりに、ビショップ邸内に入りこんだ木津明は、またまた偶然に同じ食堂の大きな窓ガラスの下までしのび込み、ビショップ氏の手袋をはめ、その辺で拾って来たコンクリートのかけらで、ガラスを割ろうとしたのです。つまり、話が輻輳したのは、その日、同じような手段を使った盗難事件が二組行われようとしていたところにありました。

しかし、更に、木津明にとって幸いだったことは、丁度その時、隣接の亜細亜軽金属工業株式会社の社宅に住む、野田光一さんが、夜になってから、犬小屋の応急修理を始め、金槌を使ったことでした。犯人はその金槌の音と一緒に、ガラスを破壊する作業をすすめ、それならば、二階の、しかも家の反対側の庭に面した部屋でねているに違いないと思っていた家政婦にも聞えはしないだろうと、思ったのです。

人間が入れる位の穴が充分あくと、手袋のガラスの粉を丹念に払ってから木津明は裏口の鍵をあけて中へ入り、戸は開け放しにしたまま、ビショップ氏の広い書斎に入りこみ、隅の方にある机の中やあたりをわざとかきちらしたようにしました。それから、机の上のペーパーナイフで、鍵のかかっている書類入れの戸棚もこじ開けました。金庫の文字盤を知らなくはなかったのですが、それをやると発覚のおそれがあるので、金庫には手もふれなかったそうであります。戸棚には七万五千円ほどの現金があり、彼はそれを、ズボンのポケットにつめこみ、更にライカのカメラを肩にかけ、なおもその辺を物色しているうちに、自動車のドアの閉る音が聞え、玄関のドアの鍵を開けて入って来るビショップ氏と秘書の話声が聞えました。家政婦が早寝なので、ビショップ氏は、よくこうして勝手に家の中に入って来るようにしていました。

　木津明は、二人が玄関のすぐ左側の応接間の方に入って行くと思ったのに、彼らは真直ぐ、木津のいる書斎の片隅のソファの方へ来てしまったのです。木津は大きな書物机の下にかくれて、息を殺していました。彼らが応接間へ入った後にこっそり裏口から逃げ出そうと思ったのに、それも出来ない。しかもビショップが大きな書斎の一隅の大きな本箱の蔭になっている机のあたりに来たら、すぐ自分と、散らかしたあたりの様子を発見されてしまう。

自分をかわいがってくれていたビショップ氏がこうした現場を発見したら、どのように怒るかわからないと思うと、気の弱い木津明は平静を失っていました。彼は夢か現かわからぬままに、ビショップ氏が女を接吻しようとしたりなだめたりしている有様を机の板のすき間にひそんで見ていたのです。間もなく女はちょっとビショップ氏と言い争った挙句、ビショップ氏の抱擁をといて逃げるように、表の玄関口から走り去ってしまいました。

ビショップ氏は、その時女を追いかけそうにしましたが、電話のベルが鳴り始めたので、出ようとして机のあたりにやって来て、獣のような目つきをして床にうずくまっている犯人を見たのです。しかしビショップ氏は電話に出てから、犯人に一部始終をきこうとしたのか、受話器をとり上げようとしましたが、その瞬間に、犯人は手近に飾ってあった青銅の仏像で、ビショップ氏の頭に一撃を加えたのでした。

皮肉にも、ベーカー氏の二度目の見舞の電話が、ビショップ氏に死の動機を与えたのであり、ベーカー氏が、電話が少しその日は具合が悪かったといっているのは、犯人が鳴っている電話に対して、受話器をとったりはずしたりという操作を加えて、早く切らせようとしたからだということも判明しました。

犯人は自分のやったことに驚き、この上、金を持っていては、一層危いと思い、七万五千円とカメラを元のところにもどし、裏口の鍵を元通りかけて八時五十分頃ビショップ家を脱出、近くの工事場の暗闇にかくれて時間をつぶし、九時二十五分頃、パトロール・カーの到着するらしい音をきき、九時四十五分頃、前に海野士之助がタバコを買ったタバコ屋に立ちよって、いかにも映画帰りらしく粧いました。そこで惨事をきいて言葉もないほど驚いてみせ、現場へかけつけた、という訳であります。手袋は犯人が、犯行後かくれていたという現場の地面に埋めてありました。

さて、事件の解決のいとぐちとなったのは、伴スミ子が当夜ビショップ氏に買って与えられた腕輪であります。スミ子は店ですぐこの腕輪を腕につけました、この腕輪は、手を動かす度に、非常に派手な音をたてて鳴り、机の下にかくれてビショップ氏とスミ子の様子を見ていた犯人は、いやでもその腕輪に注意を払わずにはいられなかったのだろう、と思います。私がスミ子の平素の服装について木津明に尋ねた時、彼が特にこの腕輪について言及した点をもってみても、どんなにこの腕輪が印象的だったかわかります。そしてこの腕輪は事件当夜買われたものであり、それ以前にこの種の腕輪をスミ子がつけていなかったとすると、その夜映画を見て留守だった筈の木津明が、スミ子がそのような腕輪をつけている事実を見知っている筈はないということから、事件は解決の道が開けました。

なお、手袋をはめたのは、普断手をふれない筈の戸棚の中に指紋を残すのを恐れたためだといい、その外の部分には、いくらか指紋を残しても、ボーイとして拭き掃除をするから当り前で、そのへんはあまり気を使わなかったといっています。

この事件も貧しさのために悪に走った人間の典型的な結末を見せましたが、犯人木津が、今もなおビショップ氏の人柄に愛着を覚えつづけ、逮捕された後の現在、却って深い安らぎの中に烈しい自責の念に苦しめられているということもつけ加えておきます。ビショップ氏を殺害後、自首して出なかったのは、出来るなら、病気療養中の妹が恢復するまで、自分がみてやりたかったからだといっていますが、これを満更いつわりとも思えませんし、恩を感じていたため、なお一そう盗みの現場を見つけられて我を忘れるほど逆上した、というい たましい心理状態のあったことも見逃し得ません。

最後に、ビショップ氏の冥福を心から祈って、この報告を終ります。

渋川道夫

華やかな手

かなり激しい雨脚にも拘《かかわ》らず、道には人だかりがあった。巡査が四、五人、人垣を支えている。黒田青志も思わずそちらへひきつけられた。小脇の本の風呂敷包みをかかえなおして、彼は人垣の後で背のびをした。しかし傘が邪魔をして、見えるのは雨に濡れた巡査の頬だけである。

「女か？」

「ばかやろ。女は女でも婆さんらしいぜ」

小さな笑い声が起きる中で、黒田は次第に少しずつ視界のきく場所に押されて行った。

一台の大型トラックが、荷台にかけられたシートから雨のしずくを垂らしながら、運転手らしい人影もなく捨てられたように停っており、その巨大なタイヤの隅からほんの一部だけ、蓆《むしろ》をかけたものが見えた。その蓆の下から、一筋だけ赤い血が雨水にまじって溝に流れこんでいた。それだけが妙になまなましく生命の残骸のように見えた。

「スリップ、したんだろ」

「どうしようもないな、あれは」

囁《ささや》き合っている若い男たちはみんな運転の経験者らしい。

「こういう日は、どうしても事故が多いな」

黒田は雨に濡れた人々の服から立ちのぼる特有の臭気の中に立って会話をきいていた。

あの蓆がもしとりのけられる瞬間があったら、恐らく彼は目をつぶってしまうに違いないのに、何となく気がかりで立ち去れないのである。

「ありませんか、おかしいな」

警官の言う声がした。

「とばされたのかな」

「そんなことはないでしょう」

一人の警官が、車の下を覗《のぞ》いた。

「何がないんですか。財布ですか？　ひかれた人の」

和服の袖口からラクダ色ののび切ったシャツをだらしなく見せた男が、黒田の肩を叩きながら尋ねた。

「僕は、わかりません」

黒田は答えた。

「手首だそうですよ」

黒田の代わりに前の方にいたジャンパー姿の青年が言った。

「さっきおまわりが、手首だけ見つからないのは不思議だって言ってましたよ」

「荷台の下にでもひっかかってるんじゃないかな」

「ウウ、気味が悪い」

それは女の声であった。

黒田は後ずさりするように人々の群れを離れた。ようやく傘がまともにさせた。いつもパンを買う菓子屋の前まで来てから、黒田は本をかかえなおした。彼も又、左手の手首から先がないのであった。

黒田はその日、Ｆ大で二時間の授業をしなければならなかった。最初の中世フランス文学史の時間が終って、自分の部屋に帰って来ると、間もなく助手が奇妙な表情で入って来た。

「先生、今、女子学生が来て、これを先生に置いて行きました」

それは一通の封書である。黒田は顔の皮膚の一皮下で笑いにならない笑いをこらえているような助手の顔を無言で見返すと、封を切った。紙はありきたりのノート用紙で、横書きに次のように書いてある。

「又、ネクタイが右にまがっていますね。今日は服とネクタイの色の調和は完璧《かんぺき》、問題は結び方だけです。これから私になおさせて下さい。　　　下村　都」

黒田はその紙片を助手に渡した。助手はさっと目を通すと、

「気違いじゃありませんね、この程度なら、まだ」

と呟《つぶや》いた。

「近頃どこの大学でもこの調子だそうだよ。薄給の上に服装の趣味までカントクされるんじゃ教師も楽じゃない」

「しかし先生は独身だから特別ですよ。その上に手が不自由だということは彼女らの母性本能をかきたてるんですね、畜生」

「僕の手首の切り口を見せてやりたいところだよ。洗うのを忘れてると、すぐ臍《へそ》のゴマみたいな垢《あか》がたまるんだ」

「しかし先生もいいかげんなところでカンラクしたらどうですか。大学の教師が、自分の学生と結婚するのをベイビイ・スナッチャーとか言うんだそうです」

「だけど、そのベイビイ共が、色気違いみたいなのばかりじゃ、うっかり手も出せないじ

やないか」

今までに黒田を好きだと言って来た学生は気違いばかりだといってもさしつかえないというのが助手の意見だった。正気な娘は、たとえ少々好意に近いものを持っていたとしても、滅多なことでは口に出さない。はっきり気違いだといえる程度の学生に執念深くつきまとわれたことは二度ばかりあった。

そのうちの一人は黒田のほうが自分に結婚を申しこんで来たと信じていた。彼女は何度も、研究室の黒田に結婚式の日どりと花嫁衣裳《いしょう》について相談に来ては、その度に助手につまみ出された。そして彼女に言わせれば「私たちの都合で結婚の日どりが春から夏に、夏から秋にのび」た後に、郷里の町で肺炎で死んだという知らせが親許《おやもと》からあった。それまで徹底して滑稽な事件として笑いとばしていた黒田も助手も、死んだときくと笑いのやり場もなくなってしまったような感じだった。

もう一人の気違いは、黒田を見ると逃げ出すのであった。彼女は黒田に追われ殺されるという強迫観念をもちながら、なお黒田の周囲をうろついていた。御苦労さまな気違いではあったが、男に追いかけられたいという願望がそのまま残っている素朴さに黒田はうたれた。

ただその二人の女子学生に共通した点は、黒田が幼い時に左手首から先を失ったことを強く意識している事だった。手、ことに男の手というものはおしつけがましく不潔で暴力的であり、それを持たない黒田助教授の白シャツの袖口が、くっきりと白くとぎれているのを見ると胸がせまる、というのである。黒田は助手とその惚《ほ》れ方を恐縮し、楽しみ、笑い、そして恥じた。そういう時、黒田は自然だった。別にお芝居をしているつもりはなかった。

その午後、教授会があって、五時近くに大学を出る時、彼は何となく真直ぐ家に帰りたくなかった。黒田は一人息子で、世田谷《せたがや》の家は五十坪もあり、二階を民間放送にでている共稼《ともかせ》ぎの若夫婦に貸している。彼らが帰るのは早くて九時頃で、それまで家の中は、針の落ちる音も聞えるようである。

黒田は考えた挙句、メキシコの民話集を、自分が保管している図書の中から探し出し、それを持って結婚した彼の教え子に会いに行くことにした。彼女は向井恭子といい、そのアパートに行くまでには、溝川にそった道を十五分ばかり下流に歩けばよかった。それは薄汚い風景の道だったが、自動車はめったに通らず、子供の三輪車が道の真中にほうり出されたりしていて穏かであった。

一冊の民話集よりも、恭子が本当に欲しいのは金だということを知りながら、黒田は今までに何回かそうして恭子を訪ね、その度に金を出しそびれていた。恭子の夫の向井弘一は結核で入院していた。彼は勤めていた会社で使いこみをやって、そこを追われた後で発病したのである。恭子は教員免状を持ってはいたが、すぐどこかの学校に職を見つける、ということも出来ず、初めは保険の外交員として黒田の家にも現われたのであった。

黒田は生命保険というものが嫌いだった。彼は恭子を客間に通し、自分は主義として保険には入らないことにしているが、何か別のことで手助けができるならしよう、と申しでた。記憶の糸を探ってみると、学生時代、恭子は青いもの堅い蕾《つぼみ》のような娘で、今その蕾はしおれながらようやく花を開いたというような感じに見えた。

恭子は黒田につっぱねられると、それ以上仕事の話にはふれず、自分から進んで黒田の専門である民話の話を始めた。黒田は本当は理科にすすみたいと考えていたが、左手のことを考えると文科を選ばざるを得なかった。彼の卒業論文はヴィニイで、恭子は彼の講座で琉球《りゅうきゅう》民話についてのレポートを出したこともあると言った。

保険に入って頂くよりも、久しぶりにこういう話が出来て嬉しかった、と帰り際に言われて、黒田は自分がひどく物わかりの悪い立場に立ったことにひけ目を覚えた。恭子の夫は実務家タイプにみえながら気の弱い人間で、ことに生活に無関係なことには殆んど興味を示さないという特徴があった。恭子が黒田との話を本気で楽しんだらしい様子を見ると黒田は痛々しさが先に立った。彼は恭子を玄関に送り出すまで、何度かやっぱり契約に入ってあげようと言い出しそうになった。

一月ほどして、彼は恭子のアパートを訪ねた。彼はフランス民話の本を貸す約束をしていたし、まだ保険のことが心にひっかかっていた。しかしもう一度、黒田はその四畳半ひとまのアパートで、彼女の現実の生活とは凡《およ》そ迂遠《うえん》なシンデレラ伝説の話だけをして別れた。保険にはやはり入らなかった。そして黒田は、今度は自分の気持をかなり卑怯《ひきょう》だと思った。一通りの親切を尽すだけなら、保険に入りさえすればすむことである。それなのに、向井恭子との総ての関係が事務的になるのを、自分はわざと避けたとしか思えない。それは偽善的のみならず、考えようによっては、ひどく陰険なやり方と言うべきかも知れない。

黒田が恭子に夫とのことを尋ねたのは、どうしても一度はその事にふれねばならぬという義務観念のようなものにとらわれたからであった。

「普通だったら別れてしまうところですけど、病気になると気の毒で別れられないんです。私が離れて行ったら、あの人は自殺しますわ。経済的にも、誰もみてくれる人はありませんし」

金銭的な問題と、心の問題を、恭子は哀しいほど優しくまぜて話すのであった。

「仕事に失敗して、信用を失って、病気になって、この二つの挫折《ざせつ》は、彼にとっても私にとっても致命的なような気がするんです。でも仕方がありませんわ。二人とも死ぬわけにもいかないでしょうし、彼はとても私を頼っているんです」

どこかで一本、恭子には正当に働くべき神経が欠けたようなところがあった。夫が道徳的に破廉恥なことをした、その点に関する批判や嫌悪は極く微《かす》かだった。現実以外の世界を求めることはあっても、俗物の夫を憎むということはなかった。それは未熟な若い蕾が、しおれるのと咲くのとどちらが早いかと競争して辛うじて花を開くのが早かったばかりに、病的なもろさと優しさを備えているのと似た恭子の外見のように、たよりなく、はがゆいばかりだった。

夫のことを尋ねた以上、その日、黒田は何らかの方法で少しばかり恭子に金をやるか、保険の外交よりももう少しましな収入の道があるように相談にのってやるつもりだった。しかし黒田がまだ帰るとも言わないうちから、恭子は黒田をひきとめた。あの民話の話をしたことが久しぶりに嬉しかったように、黒田の傍にいると、現在の不幸を忘れられるから、と恭子は言うのである。

恭子の左の腰骨の上に、かなり大きな黒子《ほくろ》がひとつあって、それが不幸の星めぐりを現わしているのではないかなどと思いながら、黒田はそれを愛撫《あいぶ》した。その夜は雨で、アパートのすぐ外のトタン屋根はやかましい音をたてていた。考えてみると、恭子が黒田の学生だったのはほんの七年前である。黒田は女を抱き、七年の年月を腕に抱いた思いがした。黒田は何も考える力を失っていた。こうした瞬間におそらく幾分かつきまとってもよさそうなものだと思われる一切の鮮かな感情がけしとんで、黒田は怠惰になっていた。黒田の印象に残っている女子学生は他にいくらでもいる。恭子など、顔をみてようやっと思い出すくらいであった。そして黒田の胸に抱かれながら、恭子が夫のことを考えている筈だと思い、黒田は改めていとしさがますように思った。それでいいのであった。それ以上を期待する理由は黒田のほうにもなかった。

　黒田の、手首を切断したあとだけも、その夜、恭子の新鮮な驚愕《きょうがく》と愛撫の対象になった。彼女はその部分を自分の顎《あご》の下にあて、卵を抱いている牝鶏《めんどり》のようにじっと放さなかった。

「こういう時、指があれば、私の首をしめたくおなりになるんでしょう？」

「なくても、そうしたいと思ってるし、そのつもりになっているんだ」

「どうしてこんなことにおなりでしたの？」

「まだお誕生にもならない頃、母が、僕を抱いて車にのったんだ。その時、僕が面白がって手をのばしているのを母は気がつかなかったらしい。ドアに手をはさまれてね。それで切断しなければならなくなったらしいんだけど僕は覚えてない」

「大したことじゃありませんわ。手首一つくらい」

その通りだ、その通りだ、と自分に言いきかせながら、黒田は恭子の髪に顔を埋めた。

黒田はその夜、又しても恭子に金をやれなかった。

恭子のアパートを訪ねるのは、しかしまだ今日で五度目である。貧しさの匂いとでも呼ぶべき独特の臭気のたちこめた階段をのぼると、アパートの廊下には、炭俵や植木鉢やゴム長や一升壜《びん》や、そのほかさまざまなものがとりちらかっている。

恭子が帰っていなければ、それもよいと思った。民話集の間に金をはさみこんで、「ボーナスをもらいました。病院へ何かお届けなさい」とでも手帳の頁を破った紙片に走り書きの手紙をそえて、感心に郵便うけだけは個々の部屋についているその口から滑りこませればいいのである。

しかしドアをノックした時、中には恭子の気配があった。誰方《どなた》ですか、ともきかない。ノックの仕方で黒田とわかるのである。

「本を持って来たの。まだ帰っていないかと思ったけど」

すすめられた座布団に坐ると、いつかの夜と同じような雨の音が窓の外に聞えた。いつ来ても身をすくめたくなるほど、雨の音の生き生きとした部屋だと思った。

「今日は病院へ行って来ましたの」

「どうでした？」

「手術はしないですむことになりました」

黒田は頷《うなず》いた。

「もう二カ月ばかり様子をみて、家へ帰ってもいいだろう、っておっしゃるの」

「そうすればあなたも気が楽になる」

二人はそれで黙った。言うべきことがわかりすぎていて、何と言っても白々しくなりそうだった。

「しかしあなたと別れたくないな」

黒田はぽつりと言った。

「あなたとこうして会っている間、僕は本当に仕合わせだった」

「お茶を入れますわ」

恭子は気をとりなおして立ち上った。

「先生のような方が、左手がないくらいのことを、ちょっとでも深刻にお考えになるのはおかしいわ」

「深刻になんか考えていない。僕はかなり有能だという自信がある。タイプライターも一人前の早さにうてるし、水泳もうまいし」

「先生を好きだという学生をたくさん知ってましたわ。先生はお家柄も立派だし、大きなお宅に住んでいらっしゃって、私とこんな中途半端なつきあいをなさらなくても、奥さまをおもらいになればいいんですもの」

「今にそうなるでしょうね。人間はすぐ現在の状態にあきが来て変化を求めるし、いろんなことが面倒くさくなるし、それに第一年をとるから」

「私は主人と別れられませんわ。昨夜も一晩中考えました。そしてその理由がわかったんです」

「――――」

「先生が一度も、自分のところに来い、とはおっしゃらないからなんです」

恭子は棚から紅茶の罐《かん》を下ろして黙って茶こしに紅茶をとりわけた。

プラスチックの砂糖壺をそえ、ひっそりと湯気のあがる紅茶を黒田に出す。黒田が砂糖を入れる。恭子の手がのびて、黒田の紅茶茶碗をかきまわしいいようにおさえている。

それが知り合って以来の恭子のやり方であった。右手だけで全く不自由はないのに、黒田もその甘やかされ方を好んだ。しかし今日、恭子の眼には涙があふれ、黒田は砂糖をかきまわす手をやめて、恭子をひき寄せた。黒田の腕の中で、恭子は涙にぬれた眼で微笑していた。

「先生は二重人格だわ。明るくて屈託がなくて、大きな声で笑っていらっしゃる時の先生と、私のところへいらして、とてもすまなさそうな顔をして考えこんでいらっしゃる時と別人みたいだわ。もっとも、その両方があるから、私、好きなんです」

「それを僕が皮肉だと受けとらなかったら、僕はずいぶん鈍感だということになるだろうな」

「皮肉を申しあげる訳がありませんわ。皮肉を言ってみても、どうにもなりはしませんもの。唯、私、目先のお金のことで頭がいっぱいだった時に、先生と民話のお話なんかして、とても豪華な気持になってしまったの。人生にまだ夢があるような気がしたんです。急場を救って頂いて感謝している、それだけなんです」


　人生にまだ夢がある、というような言い方が黒田は嫌いだった。冷酷に考えると、人生に夢がある場合は、当人が人並はずれて人が好いからではないだろうか。

　たとえば今日、黒田は帰りがけに恭子に金を渡したが、その金は、やってもやらなくても黒田と恭子の夢をぶちこわすものだということを彼は意識していた。やらなければ、黒田は気のきかなさすぎる図々しい男になり、やっても図々しいことは変らず、その上に二人の間の関係は妙にもっともらしい事になってしまうのだ。

人生に夢があると信じるか信じないかは別として、人生を長い無責任な夢の中に生き、或る瞬間に急にその夢がさめて現実のごつごつした生活を握らされる場合のあることを、黒田はその夕方、恭子のアパートを出てからもずっと考え続けていた。それは黒田の体験である。そして自分ほど明瞭なこの種の体験をした人は、それほど多くはないのではないかと考え、黒田は自分の気負い方がおかしかった。

それは五年前の晩秋のことである。後から考えると、それは黒田の母の亡くなる丁度二週間前にあたっていた。母は胃癌《いがん》であった。父も黒田もそのことを母に知らせてはいなかったし母も知っているような顔をしはしなかった。その日黒田が大学から帰って来ると、痩《や》せおとろえた母が紋付を着てつみ重ねた布団を背によりかかって坐っていた。

「どうしたんです、お母さん」

「今日は少し気分がよかったものだからね。もし、私が先へ行って死ぬようなことがあると、写真がなくて困りゃせんだろうかと思って、今一枚、写真館の人を呼んでとってもらったのよ」

「用意がいいんだなあ。写真なら僕がとってあげるのに」

「いいや、あんたのはだめ。昔風の写真館の人なら綺麗に修整してくれるけど、あんたにとられると、似ているばかりで」

母は女中に指図して、黒田のためにお茶を運ばせた。そこへ珍しく早く父が帰って来たので、彼も病室の縁側の椅子に坐って、一緒にお茶をのむことになった。

父は当時、最高裁の判事に任命されたばかりだった。もともとこめかみに白髪があったが、手の施しようのない妻の死病をみとることになってから、無口な父の頭全体が白くなってしまった。黒田は親子三人が必死に嘘をつきあって、楽しく暮そうと努めて、しかもそうするよりほかに道のないことにたまらない嫌悪と悲しさを感じていた。

「折角、着物を着たんだから、少々改ったものの言い方をしても、どうやら釣り合いがとれるかも知れないから、青志さんに言っておきたいことがあるの」

「びっくりさせないでよ、急に改って」

黒田はおどけたが、母は「電燈を消して」と息子に命じた。急に暮れてしまった秋の日の暗さを気にして、女中がたった今、気をきかせて電燈をつけて行ったのである。

黒田が言われた通りにすると、母は「明るいと恥かしいからね」と笑った。母は小さく人形のように、昏明《こんめい》の中で微笑していた。

「もう何と言っても仕方のないことだけど、もしこの病気で私が死ぬようなことがあるといけないから、改めて青志さんに詫《わび》を言っておきたいの」

「何をです」

「誰も何も言わないでいてくれるけど、あなたの手をつぶしてしまったのは、私なんですからね。母さんは時々、あなたの手がはさまったまま自動車のドアを閉めた時の、あの恐ろしい感覚を夢にみることがあるの、とにかく許して下さい」

そして母は、祈るように頭をさげた。

父は庭を見つめていた。顔をそむけているという以上に、父はかたくなに暗い庭のほうへ視線をむけていた。

「母さんは、死にたいと思ったけれど、死ぬわけにもいかない。あなたがいるから。あなたを殺して死ぬ事まで考えつめましたよ」

母の言っているのは、昭和二年の七月十七日、豪雨の日のことである。それは貴族院議員だった父方の祖父の祥月《しょうつき》命日に当っていた。父が出張中だったので、母は夫にかわって亡き舅《しゅうと》の三回忌の法要に出席するため自動車を呼び、生後十月になったばかりの黒田を抱いてのりこんだ。何しろあちこちで出水していて、無事お寺まで着けるかどうかと運転手がいうほどの篠《しの》つくような土砂降りだったから、和服の母はいそいで車にのりこみ、慌ててドアを閉めたらしい。腕の中の赤ん坊が、「う」と一声うめき、それから泣き出すというより、まるで大人のような長い悲鳴をあげた。ドアが黒田の小さな掌をはさんで閉ったのである。母は赤ん坊の溺《おぼ》れるような悲鳴をきき、やわらかい肉と骨のくだける感触をおもむろに感じると、さっと目の前が見えなくなるのを覚えた。

「殺されるのは、やはりかなわなかったですよ。物心ついてから途中でこんなになったんならともかく、僕は目下のところ何も不自由じゃないんだから」

「許して下さってありがとう。これで気が晴れました」

その瞬間の母の救われたような表情の明るさに、黒田は胸を衝かれた。こうして謝られるのは面映ゆかったが、服装を改めて我が子に詫びる母のほうが、自分よりも三十年の年月を苦しみ続けて来たのを思うと気の毒だった。

母は会津藩の家の出であることを、黒田からみれば、一種の子供らしさで誇りにしていた。母の実家に系図やら古い家具などがあり、黒田もそれを「拝見」させられたことがあった。その故か、母はふだんから時々武士の妻のような言動をすることがあったが、その紋付を着た姿勢は、まさしく古い武家の女房という感じだった。母は端然と死んで行くであろうと思い、黒田はたまらない気がした。果してその母の、いささか芝居がかった姿はそれが最後だった。翌日から母は殆んど食物が通らなくなり、初霜の降りた朝、最後まで明瞭な意識の中で苦しみながら息をひきとった。

母の死が、父にとっても黒田にとっても一種の解放であったことは否めない。それから三年間、父と黒田は、植物のように静かにいたわり合って暮した。そして三年目の冬、父は風邪をこじらせて肺炎になった。父はその時六十四であったが、よもや、肺炎などで死ぬとは黒田は思っていなかった。

　しかし床について間もなく、父は黒田に奇妙なことを尋ねた。

「お前は、自分に都合の悪いことでもとことんまで知りたい性質か、それともいやなことは出来るだけ避けてこの世を楽しく生きる主義か？」

　どっちでもいいような小さなことなら、いやなことはききたくない、と黒田は答えた。しかしそれが、いわば自分の「精神」に関係することなら、知るのを避けることはできないのではないかと思う、と黒田は答えた。父は頷いた。そして黒田には何か激しい身をさかれるような予感があった。

　父の話は、母の物語より更に十カ月前にさかのぼる。九月九日、残暑の日がやっと暮れて、黒田が生まれた晩、父は産声《うぶごえ》をきいて間もなく産婆によばれて産室へ入った。つきそっていたのは黒田家に昔からいた婆やだけである。会津には母方の祖母が健在だったが老齢で、娘のお産の手伝いに来られる状態ではなかった。黒田の生まれる二年前に、黒田の母は女の子を死産したが、その時、母は田舎へお産に帰り、却《かえ》って何かと不自由で気づまりなのを経験していたので、今度は自分の家を離れようとはしなかった。

　婆やは父が部屋に入るのをみると、急に背を向けて何か片づけものをするふりをした。

産婆が目くばせをして産湯からあがったばかりの赤ん坊を父に見せた。父はその時、少々湯の中で赤くふやけて皺《しわ》だらけになった赤ん坊の左手が、右手より何となく大きいのを感じた。父はそれを華やかな手だというふうに思いさえした。父はそれを見つめ、赤ん坊が六本の指――どれ一本として邪魔もの扱いにできないほど完全に揃《そろ》った六本の指――を握りしめて力みながら泣いているのを見た。産婆は赤ん坊を手際よく布に包んで何もみえないようにしてから、母に「強そうで賢そうな坊ちゃんですよ」と見せた。母は満足して頷くと間もなく眠った。婆やがその時改って、

「何はともあれ、おめでとうございます。賢いお子さんに違いございません」

と挨拶した。

父は婆やが、早くも本能的に赤ん坊を守ろうとしている態度と対決したような気がした。夫婦が赤ん坊を中に、向い合ったのはそれから三日目である。父が棍棒《こんぼう》で頭を殴られたように思ったのは、最初の瞬間だけで、彼は間もなく事の本質は迷うことが出来ないものだということを悟った。勿論《もちろん》、受難の感じはうちのめされるほど深かったけれど、これ以上に明確な答えのでることはないのである。六本がいけないのなら、整形手術を受けさせればいい。指の不都合のほうがまだしも先天性白痴よりましと思わねばならないだろう。頭のほうは、大丈夫だと決めてかかったのが親の甘さだといえばそうに違いなかったけれ

ど、父の感情は、辛うじてこの論理に支えられていた。そして恐らく母もそれによって救われるに違いない、というのが父の考えだった。

母はその時じっと床の中で瞑目《めいもく》していた。母が泣かないので、父は当てがはずれ、慰めるきっかけを失っていた。

「申しわけございません」

母は唯一言そう呟《つぶや》いた。

「もう、そんなことを言ってみても仕方のないことだけれど、お前の親戚《しんせき》か誰かに、こういう人がいたという記憶があるかね？」

「ございません。話にきいたこともございません」

「黒田のほうにもないんだ。勿論、私の会ったこともない従妹や、大伯父といったような人達のことまで絶対にそんなことはなかったとは言えないけれど」

「黒田家にも実家にも、会わせる顔がございません。こんな不具が生まれるというような事は決してない家系の筈でございます」

その時初めて一筋の涙が母の目から流れた。それは悲しみというより口惜しさの涙のように父は感じた。母の言う「家系」に属する人々としては、母の実兄に東大の倫理学の教授がおり、横浜造船の重役がいた。この人はエンジニヤとしても一級であった。

「お前だけの責任じゃないさ。私も同罪だ。それにしても、かわいいというか、りりしい顔をしている」

父は鉛のように暗く重い心と素朴な喜びを扱いかねている自分を感じた。

「心配することはない。頭のいい、意志の強い子なら、何とかして人生を乗り切るもんだ」

母はひとり考えているようだったが、やがていくらかふだんより気負いこんだ烈しい口調で父に言った。

「今日お産婆さんが来ました時、幾らかまとまったお金を包んで、必ず秘密を守ってくれるように頼んで下さいませ。よそに知られるのは、何としても防がなきゃなりませんわ」

「そうしよう」

父は初めて世間という無惨な壁が四方から見下しているのを感じた。妻はまず世間を恐れ、自分はそのことだけを気にしている。二人の違いを父はひしひしと感じた。それほど世間を恐れても、かくしおおせることではない。素人《しろうと》が考えても、余分な指を取ってしまえば、残りの指の位置はおかしくなる。

いつもそのことについて夫婦で語り合いながら、何となく話し残し、かくし合っている部分があるような気がするのは何故だろう。恐らくそれは赤ん坊が病気がちの故だと父は考えて、それからの数ヵ月を暮した。青志はその冬から春にかけて、徹底して病気ばかりした。風邪から肺炎になり、乳児脚気になり、頭にひどいおできができた。父は夫婦がまだ仕事をし残しているという重苦しさにとらわれていた。

「セイシケガ、スグオカエリコウ」という電報を父は京都の役所で受けとった。父は夜行にとびのり、朝早く東京についた。病院についた時ドアにはさまれて砕かれた赤ん坊の左手は、既に切断された後だった。

その時に、心の中を吹き荒れた感情を父は今も忘れてはいない。父は恐れと怒りをこらえていた。「お留守の間に、ひどい怪我をさせまして、申しわけありません」と泣きながら詫びる母を、父は茫然《ぼうぜん》と見つめていた。それは彼の知らない残忍さをもった女の顔だとも父は思った。

豪雨にけむる門の前でおきたその事件の目撃者はひとりもいない。車に乗りこんでから、母は襁褓《むつき》の包みを忘れて来たことに気がついた。婆やが家へとりに入り、運転手が玄関の入口でそれを受けとるために待っていた。その間に母はひとりでドアを閉めた。

半ば恐れながら予期していたことだ、と父は言い切りたくなかった。裁判官として人を裁く身である。妻の心の奥底までを裁かねばならないのは耐えられないことであった。

子供が肺炎になった時、自分が何となく妻一人に看護をまかせきれないように思ったのは何故だろう。妻は部屋をあたため、医者に注射を催促し、表向き何一つとして手をぬいた気配さえない。しかし自分は妻を信じ切れなかった。自分はそれを恥じ、自分の中にこそ、ひそかに青志が死んでくれたらという望みがあるのではないかとくり返し自問したのだ。しかし父は青志の一生を事ここに至ってまだそれほど暗いものとは思えないのであった。彼は息子とその将来を、むしろ理由もなく信じているところがあった。左手がすっぽり切り落されたことで、青志が或る宿命から解放されたとでもいうのだろうか。唯、不具が確定的になっただけではないか。

　しかしその夜、父は何度か母の手をとり、おそまきながら、妻ひとりに、それをさせたことを謝りたかった。それをやってのける可能性が自分にもなかったとは言えないことである。どんなに恐ろしかったろう、と思うと哀れさが潮のように父の心に満ちた。

　しかし夫婦は遂にそこまで語り合えなかった。母は、父が自分の心に立ち入るのを拒んだのである。少なくとも父はそう感じた。母は自分の過失を詫びるばかりだった。青志の不具を知った時には申しわけばかりだった涙が、今度は母を洗い流すように溢《あふ》れるその意味を、父は探りとろうとした。

　大雨の後は爽やかな朝が続いていた。父は行先も告げず、黙って病院を出て、飲まず食わず夜おそくまであちこち夢遊病者のようにほっつき歩いた。彼は子供も妻も初めて投げだしたいと思った。

父はそれ以来、唯、母とは同じ屋根の下に、夫婦としてではなく、青志の父であり母であるというだけで暮して来た。母がそれを、心に覚えのあることに対する当然の罰として受け入れたのか、それとも不具の子を生んだ罪の償いというふうに昔風に考えたのか、それはわからない。二人は一度も離婚を考えたことなどなかった。青志が学校で成績がよかったために、誰からもバカにされたりいじめられたりせずに済んでいることを知ると、二人は一緒に喜んで、夫婦はお互いに信頼以外のものはないように思える時もあった。しかしあの日のことについてだけ、二人は「本当のこと」を改めて話し合ったことはなかった。もし事故だったとするなら、父はその一片の疑いのために、一生を棒にふったことになる。しかし母がもしわざとやったのなら、母ほど見事な女を父は知らなかった。女の単純さと残酷さと、動物的な子供に対する本能と、恐れを知らぬ途方もない勇気とを、母ほど疑いもなく示したひとはなかった。

「お父さんはお前に知らせたほうがいいと思ったんだ。それともやはり黙っていたほうがよかったかな」

父は黒田に尋ねた。

「お父さんは、お母さんのように、最後まで自分を正当化しようという情熱がない。芝居としたらお母さんの芝居は一生を賭《か》けた芝居だった。その執念を、死ぬ二週間前に見てお父さんは、お母さんを許す気になったよ。お母さんの遺志を尊重して、お前に何も言わないほうがいいと思ったんだ。しかし、やはりそれは間違っていそうだ。お父さんはそれからいろいろ本を読んだけれど、畸型《きけい》というのは必ずしも遺伝ではないそうだ」

「目先のものが少し遠くまでよく見えるようになったような気がするだけで、僕は別に何とも思いません。不思議なくらいです」

「電気を消しておくれ」

　父は言った。

「あの時、お母さんも電気を消させたね。人間は嘘をつく時も、本当の事を言う時も、気おくれがして恥かしく思うのだろうかね」

「お父さん！」

「青志、お父さんは唯、時々思うんだ。考えようによれば、お母さんが一族の名誉と家柄に対する自信みたいなもののために、お前の指を犠牲にしようが、お父さんが一生を無駄に疑いつづけようが、そんなことは本当は大したことじゃない。何べんも言うけど、畸型は決して遺伝のせいだけじゃないという。そうなると、唯、ますます不思議なのは三十何年か前の九月九日に、どうしてたまたま指の多い赤ん坊がこの世に生まれて来てしまったかということなんだ」

その翌日、父は医師のすすめで入院した。心臓が弱っているということだった。

黒田は父の後を追うようにひとりで図書館に行った。三十年間、自分はいったい何を思って暮して来たのだろう、という感じだった。自分が恐怖と自信喪失の世界に足をふみ入れかけているのか、それとも、雲が晴れるように、何かが厳しい姿を現わし始めるのか、黒田は答えの出ないままに本を開いた。

多指症。それが病名であった。単発的に出て来ることも多いと記されてあった。そしてそれを読みながら、黒田は或ることを思い出してひとり微笑した。微笑出来た自分が嬉しかった。

それは会津の母方のはるか昔の祖先に才槌頭《さいづちあたま》で名高い家老がいたという話だった。その才槌のおでこの中央にこれまた大きく黒い黒子《ほくろ》があり、彼は何かむずかしいことに直面すると、そこをきゅっきゅっとおしながら考えこむ癖があった。御家老の深慮・名案・機智はすべてこの黒子と才槌頭からおし出される、という風評だった。黒田の成績がよかった時、母は彼にこの祖先の血をひいているからだということを本気に話したものであった。今、黒田は、ひょっとして、この才槌頭が同時に六本の指をひらひらとひらめかせながら物を言うと、どんなにか迫力があるだろうという空想をしたのだった。

父が言ったように、すべての畸型は遺伝とは言えないまでも、家族的に発生すると、十％位の遺伝をみる、とも書いてあった。十人の子供を生んで一人がそうなるだけである。黒田は確率を信じる男だった。十％という数字は、黒田に安心も恐怖も与えはしなかった。十％が、結婚についての自分の考え方を僅かばかり変えたと思ったのは、それからしばらくたってからである。

入院後、一週間目に父は死んだ。父は正三位勲二等を贈られたのであった。

黒田は今朝方、事故のあったところまで帰って来た。大型トラックも、血の色もない。

雨はあがっていた。

都心から帰って来る自動車は、大通りを水溜《みずたま》りの水をはねあげ、ヘッドライトを光らせながら走っている。

一つの黒い影のようなものが、そのヘッドライトめがけてとびこむ。車はくの字型に蛇行しながら悲鳴のようなブレーキの音をさせて停る。人々がかけ寄る。菓子屋のかみさんが、「又、轢《ひ》かれたよ。朝から二度目じゃないか」と叫ぶ。

警官とパトカーが来る。興奮したタクシーの運転手が、

「私の落度じゃないよ。向うがこっちの車めがけてとびこんで来たんだ！　自殺だよ！」

と叫ぶ。

警察の提灯《ちょうちん》、懐中電燈、そして再び濡れた道路をゆっくりと流れて行く帯のような血。

一人の警官が被害者の動かない体をもちあげて言う。「手首がありません。左手首がどこかそこら辺に落ちていませんか？」

弥次馬が薄気味悪そうに自分の足許を探す。さんざん探したあとで、菓子屋のかみさんが恐る恐る死体の顔をのぞいた。

「黒田さんじゃないか、これは。左手がもともとないんだよ、この人は」

黒田は一瞬、こうした空想を楽しんだ。

楽しめるほど、黒田にとって自殺は、遠いものであった。恭子の言葉をかりれば、彼は未だにまだ人生に信じるものがあるのかも知れなかった。そのために黒田は恭子と別れられるに違いないのであった。

黒田はズボンにはねをかけられないように歩道の端を選んで歩き出した。

消えない航跡

1

誰かが戸を開けっ放して行ったので船の通路《パッセージ》からみえる鉛色の空と海の中に、どんよりと重く暗く、芝浦の景色が拡《ひろが》っている。そこから、ひゅうひゅうと唸《うな》り声をあげて、北風が吹きこんでいた。

山景丸の一等航海士《チーフ・オフィサー》、荒崎守は、便所に立とうとして、部屋の外にでた。今しがたデッキにいたので山のぼり用のヤッケを着こみ、襟首《えりくび》に女房の編んでくれた赤い縞模様入りのマフラーをまいている。あまり海の男らしい姿ではないが、このマフラーは船内でも、新婚早々の愛妻が編んでくれたプレゼントとして有名であった。

一枚の紙切れが、彼の通りかかった船室の戸口から、風にあおられてとび出して来たのを見ると、荒崎は敏捷《びんしょう》にかけて行ってそれを足で踏まえた。

それは事務長《パーサー》の部屋の前である。窓のすき間からでも風が吹きこんで、室内の机の上から、紙類をあおったのであろう。昭和二十三年、マッカーサー司令部から内航船の建造だけを許された時代に出来た二千五百噸《トン》の輸送船には、最近の新造船と違って換気装置が全くないので、冬でも時々どこかを開け放さなければならない。

サロンのボーイを呼んで、窓を閉めさせなければ、と思いながら、荒崎は見るともなく足許《あしもと》の紙片をひろいあげて見た。

それは一通のハガキである。薄い鉛筆書きで、甚《はなは》だ読みにくい。

荒崎はまず宛《あて》名《な》のほうを眺めた。

犬伏吉太郎様とたどたどしい漢字で書いてある。差出人は田町病院内犬伏みつお、である。

子供らしい、と思うと、荒崎の心に一瞬温いものが流れた。こういう陰鬱な日に、子供からの便りほどいいものはない。

その感傷が、荒崎に本来ならばしてはいけない筈のことをさせた。彼はハガキをひょいと裏返してその文面に目を通したのである。

「おとうちゃん、げんきですか。毎日さむいですね。ぼくは、しゅじゅつをしてから今日はじめておきあがれるようになりました。

でも、まだ鼻がはれあがっていて、みっともないです。

かあちゃんは、おとうちゃんにてがみなんかだすな、といいますけれど、ぼくはかきたかった。ふねが入ったらきて下さい。このはがき、かあちゃんにないしょで、おなじ病室のだいがくせいのお兄ちゃんにだしてもらいます」

荒崎はその手紙を持ったまま一瞬考えこんだ。この手紙は、事務長の机に戻すべきか。

本来ならば、こうして会社あてに来た私信は、事務長が会社の書函《しょかん》係から受けとるとボーイ長に命じて配らせるのである。

しかし、こじつけになるが、荒崎が風に舞っている手紙を見つけたところは、明らかに事務長の部屋の外であった。事務長の机からハガキが風で吹きとばされたかどうかは、見なければわからなかった筈で、当人が廊下でこの手紙を落したと考えてもりくつは通る。

荒崎は、ハガキを手にして歩き出した。二、三歩歩き出してから階段のところに、司厨長《チューシチョウ》の犬伏の姿を見かけると、彼は思わずはっとした。

「おい、司厨長」

犬伏は立ちどまってふり返った。彼は髪を縮らして、そこにこってりポマードを塗っていた。どうして彼がパーマネントをかけるのか、かねがね荒崎は不思議に思っていた。

「手紙、落しただろう」

「いや」

「今、そこに落ちてたぞ」

「どうも」

荒崎は、手紙を相手に渡しながら、ちらりとその表情をうかがったが、喜びも、当惑も、何もあらわれないには、何ともふてぶてしい感じがした。

その文面を読まないうちに、しかし犬伏は荒崎に言った。

「一等航海士《チョーサー》、午後から八百屋に行ってこようと思いますが」

八百屋というのは、船舶用の食品を扱う店のことである。

「そうか、寒いのに御苦労だな」

荒崎はそれで犬伏に別れた。それが荒崎が犬伏を見た最後だった。

その午後から雨が降り始めた。冷い、みぞれになる一歩手前とでもいいたいような雨である。

山景丸は荷役にかかっていた。室蘭から積んで来たものは、洋紙一〇六八噸、原木一三〇石、雑貨六四噸、合板二七噸、銑鉄五〇〇噸、石炭四〇〇噸、砂鉄九五噸、ほかにN電気の委託貨物である酸化クローム、大山商会の農耕具、本社のコンテナー六個などである。

今航は石炭や銑鉄など重いものを底に積んで来たので、いわゆるボットン・ヘビーでローリングがひどくなり天候の悪いことも手伝って、かなりしけた。ようやく芝浦に入って青空がおがめるかと思ったらこの有様である。

　雨はウィンチから吹き出す蒸気にたたきつけている。船内荷役業者《ステベ》や会社の荷役監督《フォアマン》の着ている黒い雨合羽《あまがっぱ》が、雨できらきら光って、芝浦はいっそう灰色の暗い気配にとじこめられて行くのが荒崎の部屋からもみえた。

　司厨長が八百屋へ行くと称して、どこへ行こうが、それはこちらの知ったことではない。恐らく普通なら子供の見舞に行っただろうが、犬伏のようにむっつりしている男は、わざわざ自分のことを、人なつっこく他人に言う訳がない。船の中で始終一緒に暮していると、女房と初めて寝た時の話まで、微に入り細にわたって喋《しゃべ》るタイプと、すて子で親兄弟というものは生まれつきないみたいに自分のことを話したがらないのと、この二つを両極端に、大ていどちらかに片寄るものであり、犬伏という四十すぎの男は、無口で孤独なほうでも、際立っていた。勿論《もちろん》、孤独などという言葉はどうも歯がういていけない。正確に言えば何を考えているかわからない、という感じなのである。

　それは幾分、司厨長という職責にも関係があるかも知れなかった。船の上の最大の関心事は食物だけである。それなのに現在規定されている食費は一日分、副食一一〇円、主食四七円ということになっている。これではロクなものを食わしてくれられる訳はない。会社では現物支給という形をとっていて、必要なものは買えという方針なのだが、どうしても他船が本船より安くあげているということになると、司厨長の腕が悪いということになる。

　しかし食う方は文句の言い放題であった。司厨長の成績をよくするためにまずいものを我慢する気にはなれない。おかずが気にいらなければ、いきおい文句は献立を作る司厨長に集まる。それをのらりくらりと受け流して行かなければとても勤まる仕事ではないのである。

　それに司厨長の仕事というのも、やり方によってはかなりの閑職である。食事の度にサロンに上って来て、皿の並べ方まで自分で点検するような司厨長もいないではないが、杉浦汽船という小さな会社から関東商船に不定期船《トランパー》としてチャーターされたようなこの小さな内航船では、それほどの気の使いようは、却《かえ》ってつり合わないというものである。

　荒崎の知る限り、犬伏のやることとは、毎日の献立を作るほかに、月に一ぺんまかない報告を出すことと、荷主が来船するような時に臨時にビールやおつまみ、時には食事を出すことぐらいであった。実際に調理をするのは、オヤジと呼ばれる調理士で、これは「台所《ギャレー》の責任者は自分なのだから」という腹があって、よほど忙しい時でない限り司厨長の手出しを好まない。

船では新らしいことはなかなか浸透しにくいという特徴がある。カロリー計算で食事を作らなければ、ということになって、一度試験的に採用してみたこともあるが、司厨長はなれなくていやな顔をする上に、とたんに六万円もの赤字がでてとりやめになったこともある。まかない報告も調理士《おやじ》からたたきあげた司厨長にとっては、何キログラムでは感じがでない。いぜんとして貫匁でやっている。

そのほかに司厨長の仕事といえば八百屋へ行くことぐらいであった。この八百屋の買いつけは、伝票で行われ、本船と八百屋との間に現金の授受はない。伝票には司厨長のほかに船長と事務長の判を押し、決済は本社の会計がする。しかしそのほかに、直接の取引きに大きな発言力を持つ司厨長に対しては八百屋から常に何らかの形のリベートがなされているだろう、ということは想像にかたくなかった。そして八百屋へ行くということは、他《ほか》の誰もが手出しをできない仕事であった。たとえ他へ行くにしても「八百屋へ行く」といわれれば、「ごくろうさん」というよりほかにないのである。

しかしこの寒い雨の午後、荒崎一等航海士が考えていたのはそんな職務上からみた司厨長の生活ではなかった。彼の心にひっかかっているのは、あのたどたどしい文章で書かれた葉書のことであった。

子供があるだろうとは思っていたが、この山景丸にのり組んで八カ月間、子供の話など一度だって犬伏の口から直接きいたことがなかった。

犬伏は酒もかなり強い。荒崎は酒に酔うと無性に身につけたものをとりたくなる癖があった。つまり、靴、靴下、ズボン、腕時計のたぐいを放棄したくなるのである。これは持物を失うおそれもあり、かつ風俗カイランにもなりかねないので自分でも自制しているとみえ、年に一回あるかなしである。それも船を下りて、部下のいない時に限られている。いくら下船中でも、皆のいきつけの飲み屋などでは酔えるものではない。

そこまでに至らなくても、荒崎の酒は、自分では実に気持のいい酒であった。ズボンを脱がない程度なら声が大きくなるだけで、あまり他人に迷惑をかけることもないように思っている。しかし、犬伏の酒は薄気味が悪い。いくら飲んでもどこも変らなかった。あれでは何のために飲むのかと思う。

そういうむっつりした犬伏のことだから、たとえ子供があっても、決していい親父《おやじ》ではないに違いないと思っていたのか、荒崎は殆んど、彼の家族のことなど考えてみたこともなかった。

しかしハガキでみると、子供はまだ小学校の低学年という感じである。そして字は下手でも文章からみるとかなり発表能力がある。もしかしたら優等生かもしれない。第一父親をかなりしたっているらしいのも荒崎の心をうった。鼻がはれている、というところをみると、蓄膿症《ちくのうしょう》だか、鼻たけだかの手術のために入院しているのだろうが、何とかして父親に見舞に来てほしい、といういじらしさが文面に溢《あふ》れている。

それなのに、何故《なぜ》、母親が、父親に手紙などだすな、と言ったのだろう。荒崎には勿論その事情はわからなかった。父親に心配をかけないため、というよりも、どっちみち見舞に来る筈はない、というつもりかもしれないし、或《ある》いは、父親にはむしろ憎しみがあり、子供に父親を近づけまい、とする冷い女の意地のようなものでもあるというのだろうか。

誰もが、何となく気重な暗い人間関係を背負って生きているのだな、ということに、荒崎は小さな感傷を覚えた。

それはあくまでこの天気の故《せい》に違いなかったし、荒崎は自分でもそのことをよく自覚しながら、なお、普段とは別の思いにとらわれていたのであった。

夕方近く、荒崎は芝浦の支店で荷主に会った。本社は東京駅の近くである。海運界が不況になると荷主の強さは、ひたすら現場にかかって来る。荷主はいばるばかりで三流どころの船会社ならいざ知らず、関東商船あたりでも、この頃はからっきし低姿勢であった。今までなら決して積まなかった、火薬、花火、といった危険貨物《デンジャラスカーゴ》まで積む。それも人情として会社は自分の持船はかわいいので山景丸のようによそからかりて来ているいわばママ子のチャーター船におしつける。何となく気の重い荷主との連絡が終って支店をでた時、ありがたいことに雨だけはやんでいた。これで、荷役もスピードアップされるし、事故の率も少なくなる。

荒崎はふと、うまいあついうどんが食いたい、と思ったがそのひまはなかった。やはり食物に関する執着は率直で、いったんうどんのことなど考えてしまうと、船の夕食がたまらなく味気ない気がした。

彼が、本船へ戻るために、倉庫の脇まで来た時である。桟橋は倉庫の向う側になっているのだが、貨物の引込線のある殺風景な風景の中に突然一人の女が人待顔に立っているのに気がついた。

夏ならば、アベックが涼みに来るということもあるだろうが、只でさえ日やとい労働者の多い区域を、女ひとりが安心して気持よく散歩できるわけはない。ましてや、こんな寒い日には、あたりにはろくろく風をよける建物さえない所なのである。

通りすぎる時、荒崎は女がかなり垢《あか》ぬけた都会風の服装や化粧をしているのを知った。彼女は黒い外套《がいとう》を着ていたが、恐らくナチュラルではなかろうと思う程度に髪を赤く染めて、しかもそれを、後へきりっと結いあげてまげにしていた。

年は三十近くか、あるいはそれ以上かもしれない。荒崎は或る感動をもってその女を眺めた。美人であろうがなかろうが、女とみれば新鮮な感動を覚えるところが我ながらいじらしかった。これでもう四月以上も、名古屋の実家にいる妻と会っていない。女性であるというだけで心がはずむのも当然かも知れなかった。

その夜はオールナイトの荷役であった。芝浦からは、トランス、自動車、レール、碍子《がいし》、雑貨などを積みこむ。

荒崎は八時に夜食を持って来たサロンボーイに、

「司厨長はどうしたかね」

と尋ねると、

「まだ帰っていないようです」

ということだった。別に深い訳があってきいたのではないので、荒崎もそれ以上は追及しなかった。オールナイトには馴れているが、それでもあけ方の三時近くになって来ると、眼の裏側だか、神経の裏側だかが、かゆいような気分になって来る。冬になると、夜あけのおそいのもたまらなかった。

ようやく五時になって人夫がひきあげた後は眠さも疲労も一種の安定感に変って来る。荒崎が部屋に戻って寝台にころがりこもうとした時であった。

ドアをかなりあわただしく叩く音がしたので、彼はいささか不機嫌に言った。

「何だい」

「会社の川辺さんが、ちょっと急いで来て頂きたいといっておられます」

ボーイの声であった。

「行くって、どこまで行くんだ？」

「下に警察の人と見えておられます」

「警察？」

荒崎はおうむ返しに呟《つぶや》くと、

「服を着てすぐ行くからと言ってくれ」

とどなった。

俺は何も悪いことをしていないのに、と荒崎は思った。当節、脱法行為と名づけられるようなことのできるのは、もう少しましな人間だけである。船にのっていては、せいぜい賭麻雀《かけマージャン》をする位のことだ。

制服の上から外套を着こんだ荒崎がタラップの上から顔を出すと、下にいた会社の荷役係の川辺が手をふった。傍《そば》に刑事らしい男も立っており、パトカーが少し離れたところに停っていた。

「どうしたんです」

荒崎は川辺に言った。

それには答えず川辺は隣の刑事を紹介したが、荒崎はあがっていてろくろく名前をききとれなかった。

「犬伏さんという人は」

「本船の司厨長《チューシチョウ》です」

「え？」

刑事がききなおした。

「つまり普通に言うと司厨長《しちゅうちょう》です」

川辺が通訳した。

「今、船にはいないでしょうな」

「いないと思いますが」

荒崎はそう言うと、大声で船の上にどなり返した。

「オーイ、誰か司厨長の部屋をみてくれや、いるかいないか！」

ボーイの姿が手摺《ブルワーク》に現われて消えた。

「どうしたんです」

「先刻《さっき》、すぐそこで溺《でき》死体《したい》があがったですよ」

刑事は言った。

「はしけが見つけたところを水上警察に知らせがありましてね」

「縮れ毛の男ですか」

荒崎は言った。

「そうです。所持品から、この船のことがわかりましてね」

ボーイがその時、何かどなった。声はとどかなかった。しかし騒ぎをききつけて起きて来たらしく操舵手《クオーター・マスター》が代わりにそれを伝えた。

「司厨長の部屋はもぬけのからだよ！　一等航海士！」

2

水上署の暗い車庫の中に、むしろをかけた物体がおかれていた。

「これですがね、一応見て下さい」

荒崎は深呼吸をしてかまえた。川辺も荒崎の後から、辛うじて首だけを出して覗《のぞ》きこんだ。

むしろはとり除かれた。

司厨長の犬伏吉太郎が、全身ずぶぬれになり、体をこわばらせ、わずかばかり前歯をみせて死んでいた。溺死したのだから全身ずぶぬれは当り前だが、荒崎の視覚に最初に訴えて来たものは《司厨長の奴、寒いだろうな》ということだった。溺死というと、顔も、体も、ぼう大なふくれ方をしているのではないかという先入観があって、それを恐れていたのだが、ほとんど外見上の変化がないということになると、とたんに、《司厨長の奴、寒いだろうな》ということになったのかも知れない。

「もう結構です」

荒崎は言った。やはり、長く、見ていたくはなかった。

「本船の司厨長、犬伏吉太郎にまちがいありません」

刑事は、川辺の方にも、目で答えをうながした。

「確かにそうです」

生きていたとは、
おしゃかさまでも
知らぬ仏のお富さん

車庫の外側で唄声が聞える。古い唄だが、やはり死人がでたとなると、連想でこんな唄を思い出すのだろう。

荒崎と川辺は、もといた部屋に戻った。石炭ストーブが燃えていて、ほっと体がゆるむようであった。

「外傷はないようですね」

荒崎は目の前の刑事に言ったが、彼は、

「そう」

と合槌《あいづち》をうって、ぎょろりとした目をむいて荒崎を見ただけで、しきりに机の上の紙類をいじっていた。

「酒をのんでいたんでしょうかね」

川辺は小声で荒崎に尋ねた。

「酒は強い筈ですが」

「酔っぱらって海に落ちたってことも考えられますね」

荒崎はあいまいに頷《うなず》いた。司厨長の日頃の酒をみていると、とうてい、足をとられて誤って海に落ちたということは考えられないが、ついこの夏も、会社で一番若く、三十七歳で船長になった男が、サン・フランシスコに入港する直前に、かき消すようにみえなくなったことがある。その時は、気圧の前線を通りこしたので、多少波はあったが、夏の太平洋の大圏航路は、まず穏かである。甲板から落ちるようなしけでもない。船長自身、前途は洋々たるものがあり、家には、彼の行方不明を知った時睡眠薬自殺をしかかったほどの忠実な妻がおり、学校の成績の揃《そろ》ってよい二人の男の子がいる。乗組員のほうからみても、前の老船長に比べれば、多少《きつい》仕事を要求されることがあっても、やはり若い船長には話せばわかってもらえそうな感じがあった。船長に怨みを持つような人間はまあまあないと言ってもいい。船長自身は、高等商船の優等生であった。

それでもなお、突然、一人の人間がいなくなったということはあるのだ。犬伏司厨長が、酒に酔って海へ落ちたということは、実にあり得ることなのかも知れない。

「何か思い当ることはないかね」

書類を探していて、川辺と荒崎の話などきいていないような顔をしていた刑事が言った。

「は」

荒崎の心にもう一度、あの子供のハガキの文面がうかんだ。

「何か、心あたりあるの？」

「司厨長は子供のハガキを持っていたでしょうか」

「いや、持ってないようだね」

「実は、昨日の朝、偶然、廊下で、司厨長あてのハガキを拾いまして、悪いと思ったけど、ちょっと文面を読んだんです」

荒崎は言った。

「何しろひらがなばかりで、子供からきたみたいだったもんですから。つい読みたくなりますよ」

「女からの手紙だったらなお見るんじゃないか？」

刑事は顔をゆがめて笑った。ひとをばかにしたような物の言い方だが、そのひっつぶれたような笑顔を見ると相手に悪気がないことはよくわかった。

「女からの手紙なら、頼まないだって見せびらかす奴がいくらでもいますよ」

荒崎が答えると刑事はにやりと笑って尋ねた。

「ハガキに何と書いてあった？」

「おとうちゃん、みまいに来て下さい、ということなんです。何か鼻の手術をしたらしいんですね。でもお母ちゃんはお父ちゃんにハガキなんか出すな、といったから、ひとに頼んでこっそり出す、ということでした。何年生か知りませんが、字なんか割合しっかりしてました」

「今、自宅のほうへも連絡してますしね。先刻、警察《こちら》の方が、司厨長の部屋の私物を見に行かれましたから、そのうちにわかるんじゃないですか」

　川辺が言いそえた。

　刑事はしばらく黙っていたが、

「仏さんは間もなく、慶応の方へ運ぶからね。一応行政解剖しなけりゃなんないんだよ。本船はいつ出港の予定？」

「明朝、になると思います」

「丁度一日あるね。その間に、こちらも出来るだけ調べをして、おくれないで出られるようにしたいと思ってるけどね」

「ありがとうございます」

　刑事は頷いた。

　水上署において山景丸乗組員が任意出頭の形で、司厨長、犬伏吉太郎について申しのべた内容――。

　二等航海士《セカンド・オフィサー》・椎橋牧雄

「私は本船に乗り組んでからまだ二カ月にしかなりませんので、よくはわかりません。前任者が結核の疑いで下船しましたので、山仁丸から転船して来たのであります。

犬伏司厨長については、これといって記憶に残ることはありません。献立もまあまあと言うところと思います。

かなりお洒落《しゃれ》な男だと思ったことはありました。パーマネントをかけていましたし、外航に乗っていた時、香港《ホンコン》で買ったとかいうオメガの時計などを身につけて、『時計はやはりスイス製に限る』などと言っていました。

私からみると、いささか安っぽい貴族趣味のようなものもあります。

たとえば煙草に決してマッチでは火をつけません。自分の古いライターを見つけてそれでつけないと気がすまないのです。そのライターは銀製らしいのですが、何しろ海上ですから、すぐ色が変って来ます。それをハミガキで丹念にみがいたりしていました。そのライターは、毛唐の女にもらったそうですが、本当かどうかはわかりません」

甲板員《セーラー》・西川和吉

「司厨長のことって言うと、やっぱりあの時のことを話さなきゃなんねえだろうな。自分の恥まで言うことになるけどよ。ま、いいや。

去年の夏のことさ。室蘭へ入って上陸《ゴーショウ》したですよ。北海道の夏はいいねえ。俺あ、寒いのは嫌いだからさ、冬の北海道はいやだけど、夏はいいよ。星が綺麗《きれい》だからさ。

それで、その晩出かけたのはさ、操舵手の谷と、倉庫番《ストーキー》の田中と三人だ。浜町の『美奈登』といううちへ行ったんだ。船の人間にきいてくれりゃ、『美奈登』のことは誰でもよく知ってますけどね。

行ったら司厨長が先に来ていてさ。勿論、ほかにも客はいたけどね。飲むほどに酔うほどに、どうしてだか、その日に限ってこっちも頭が変になって来ちまったんだな。

『美奈登』に女が、三人いるけどよ。名前は美代ちゃんってのと、アキちゃんってのともう一人、ええっと、あれは、何て名前だったかな。そうそうひろみって言ったと思うけど、何しろ、三人とも男が好きだよなあ。俺たちが又、給料もらったばかりで、うんとこさ飲ましちまったんでなおいけなかったのかも知れねえけど、連中もだんだん頭がおかしくなっちまって、他のお客は全部帰して、もう店を閉めようってわけだ。

俺は初め目をつぶってたけど、美代ちゃんがさ、ここで目をつぶるなんて男らしくないっていうからさ。もうしようがないよ。売春なんてもんじゃないな。ほんとに。みんなが頭が変になっちまって、ほれ、何だっけな、いい言葉があるけどさ。そら、つまり、あれ、うん、そうそう、自由恋愛だからね。後から特別に払うなんてことはしねえもんな。北海道の女は気がいいのか、俺たちに魅力があるのかわかんないけどね。へへへ。

その時、二階で、ママさんと寝たのが司厨長さ。このママさんってのが、鯖《さば》みたいな女さ。どうしてかわかんないけど、俺、あの女の顔を見ると、鯖を思い出しちまうんだ。鯖にあたったことなんかはないんだけどね。そう、鯖の味噌煮。へへ、あんまり本船で食わされたからかも知れねえけど、どうも、とっつきがよくねえんだ。ちょっと脂ぎっててさ。司厨長好みなんだろうね。

翌朝、みんなてんでに船へ帰ってさ。俺が司厨長にきいたら、大分いい話してたよ。あいつが、あんなに肩ふる（喋る）ことってのは珍しいからな。

それからその次に室蘭へ行ったら、ひろみが、司厨長のことを言ってたけど、何だかひどくしつっこいんだってよ。そんなところがママさんの気にいってるんでしょう、なんて言ってたけど、ほんとかどうかね」

操舵手《クオーター・マスター》・楠君男

「自分は司厨長と、あまり個人的な話をしたことはないです。たった一回、あれはどこだったかで、犬が一頭まぎれこんでいました。誰かが連れこんだのかも知れませんが、とにかく、大きな腹をした牝犬《めすいぬ》でした。それも今日、明日にも生まれそうなでかい腹だったので、船長もかわいそうだと思ったんでしょう。次の港に入るまではおいてやれ、ということになりました。

自分は犬が嫌いですので、近寄りもしませんでしたし、早く犬がいなくなればいいと思っていましたが、翌朝、入港スタンバイの時になって、ふと気がつくと、犬の腹はぺしゃんこになっていました。誰かが、司厨長が、自分の部屋で生ませて、すぐ仔犬《こいぬ》を海に捨ててしまったんだと言っていましたが、そういえば、犬は、司厨長を見ると気狂《きちが》いのように吠えたてていました。自分は、犬が下ろされたので、ほっとしました」

甲板長《ボースン》・臼井輝国

「司厨長は、何かしつっこいところは確かにありましたよ。たとえば自分の持ち物に対する執着なんかひどいですよ。だから自分の気にいった女が、ちょっと他の男によろめきでもしようもんなら、殺しかねないけど、あいつが殺されるとは思わなかったね。自分のことは極端に秘密にする男だからね。私らでも、司厨長が入港したあとで何をしてるかはぜんぜんわからないし、わからないから又、気にもならないね。本船の人間はみんなそうじゃないかね。怨みもねたみも、持ちようがないもんね。だけど、うちの甲板員見習《ボーイチョウ》に言わせると、司厨長が女と歩いているのを見たこともあるって言うし、案外、テキはオカの人じゃないですか。それも女だろうね。私はそう思うね」

甲板員見習・外山寛一

係官が、いつどこで、どういう女と司厨長が歩いていたのか、という質問に対して――

「二月ほど前横浜で、みました」

どういう女だったかという質問に対して――

「黒い外套を着た女の人でした。後姿なので年も顔もわかりません」

司厨長をどう思うか、という問いに対して――（次のような返事をひき出すまでに約十分間ばかりを要した）

「私は、室蘭で、鰊《にしん》を買って来たことがありますが、それを焼いて食べようとしていたところ、司厨長が台所に入って来て、何をしているのだ、とききますので、それは私の鰊だと答えましたら、そのまま行ってしまいました」

これではさすがの刑事も、どうしようもなくなって外山を追い返した。

二等機関士・森田規矩男

「女のことですか？　それはないことはないでしょうね。我々船員のことを、陸《おか》の上の人たちは、みんな〝港々に女あり〟と思ってるそうですからね。しかし自分なんかそんな甲《か》斐《い》性《しょう》はありませんな。それに当節、船員のやることにしたって陸の上のサラリーマンや、工場労働者と大した相違はないんじゃありませんか。会社が終ってから、一ぱいのむ。のめば女の人をからかったりする。こちらは航海中、毎日そういうことができませんからね。たまに外出して、幾分ハメをはずすこともあるけれど、まあまあ、大同小異でしょうな。

第一、港々に女ったって、そんなにたくさん彼女をもてるだけ給料をもらってる奴なんておらんでしょう。船長ならできるかナ？　いやそこらへんのところは、事務長《パーサー》にきいて下さい。

私は事故死という感じですな。しかし殺されたんだとしたら、犯人は男じゃないかな。本船の者かどうかは別ですが。女性はそんなことをしますか？　第一、力の点だって女はなかなか我々男にかなわんでしょう」

事務長・田村伝

「司厨長の給与は、うちの会社では内航の場合本給三万円、乗船手当てその他をふくめて五万円くらいにはなると思います。もっともこの他に、八百屋からの臨時収入と申しますか、何らかの形で一種のつけ届けのようなものがあるとは思いますが、その額は私にもわかりません。普通船員の中では、司厨長は職長ですからかなりの高給とりです。二号を作ることも出来るかも知れません。当節三千円だっていいというのがいるそうですから。もっともこれはオンリーじゃなくて、コミだそうですが。手紙ですか？　女からの？　さあ、あったかも知れませんが、私は信書の秘密は犯さないようにしているものですから。しかし上書きの字からみると、女からのも時々あったようですなあ」

変事をききつけて船長の足立が帰り、人々がやって来た。遺族は本社の方でよんでいるらしい。

本船に来た人たちの中には八百屋も何軒かあった。芝浦での山景丸のとりつけの主な店は三和商店である。その店主の宮川というのが早速香典をもってやって来た。

「司厨長はお前んとこへ行ったんじゃないか？」

荒崎は宮川の悔みを受けとると言った。

「はあ、午後二時頃にみえました」

「何か変ったところはなかったかい」

「別に、何とも変ったところなんかなかったですよ。うちの店の若い者とストーブ・リーグの話なんかしてね」

「お前んとこからどこへ行ったんだろう」

「さあ、うちの店の野洲という子が、スクーターででかけようとしてましたらね、どこか都合のいいところまで乗せてってくれ、と言われて、東京港口の都電の通りで下ろしたそうです」

「いや、何しろまだ、こっちにも何もよくわかっちゃいないんだ。だけど警察が来たら、知っている限りのことは話してやってくれよ」

「勿論、それはそうしますよ。何しろ恐ろしいこったねえ」

3

何もわからないままに、山景丸はその翌朝、晴れた東京港を再び室蘭に向って出港した。

出港スタンバイがとけて、荒崎が自室に戻って来た時である。

船室の入口をノックする音がして、サロンボーイが入って来た。

「何だい」

荒崎は書類に目を落したまま言った。

「実は司厨長のカッパのポケットから、こんな紙片がでて来たんですけど」

荒崎はくるりとふりかえった。それは折りたたんだ白い便箋《びんせん》だったので、荒崎はぱっとそれを開いてみた。

「今度必ず来てね。来ないとうらみます。　潮子」

「何だい。女の手紙だな」

荒崎は呟いてから、

「そのカッパは？」

カッパといっても、荷役の連中の用いるようなものではない。いかにも私物らしい、レインコートである。

「さっき、永野が台所の戸棚の上にひっかけてあったのを見つけて、何とかしなけりゃいけないと言ってたところに通り合わせたもんですから、ポケットを探ってみたら、この手紙が入ってたんです。今、事務長は風呂ですし……」

言葉はたりないが、警察が持って行き忘れたものでもあるので、つまり預っておいてくれ、ということらしい。永野というのは、次級士官食堂《メス・ルーム》のボーイである。

「ふうん、これで又、嘆き悲しむ女がひとりふえた訳だな」

荒崎は言ってから、

「よし、わかった。預っておく」

「おねがいします」

とひき下ろうとするボーイを、

「おい、ちょっと待て」

とひきとめてから、

「司厨長が最後にこのカッパを使ったのはいつかな」

「さあ、最後といっても、厳密には……」

「お前が見たので最後はいつだ」

「それは芝浦に入港した後です」

「というと、司厨長が上陸《ゴーショウ》する前だな」

「そうです」

「手紙は誰が配ってる?」

「永野です」

「メスに、司厨長あての手紙で最近何かめぼしそうなもので記憶がなかったかきいて来てくれ」

「はい」

ボーイが部屋を出て行く後姿を見送りながら荒崎が感じたことは、事件以来、妙に自分がナントカづいていることだった。荒崎はそれを幾分はずかしく思ったが、本船の誰もが、この事件になみなみならぬ関心を示していることを思うと、自分だけがそうであるといってはずかしがるには当らないような気がした。海の上では、私生活がないのと、忙しいようでいて、やはり刺激の種類が限られているのとで、皆多かれ少なかれ率直になり、好奇心が強くなっている。

この手紙の紙がまださして手ずれていないことから、これは最近、司厨長の手に入ったものに違いないと考えていたのだが、考えてみれば、宛《あて》名《な》のない手紙など、本当は誰にあてて来たものかわかったものじゃない。丁度、荒崎が、犬伏の子供からの葉書を拾ったように、司厨長もこの手紙を船内のどこかで拾って、それをカッパのポケットにつっこんでおいただけかも知れないのである。

間もなくサロンのボーイは帰って来た。

「手紙は今度の芝浦では、司厨長さんには一通しか渡さなかったそうです」

「誰からの手紙かわかんないだろうね」

「いいえ、船食の三和商店の、ハトロン紙に住所を印刷したものだったそうです」

八百屋の手紙では仕方がない。つまり司厨長にはそのほかに子供からの葉書が来た訳だろうが、メス・ルームのボーイの手を経て渡ったのは、事務的な手紙一通ということになる。

「そうか、ごくろう」

サロンボーイを帰しながら、してみると、あの手紙は、やはり他人のものか、それとも誰かから直接手渡されたもの、ということになってしまうな、と荒崎は考えた。

翌朝、荒崎は四時少し前に、当直に立つために船橋をのぼって行った。まだ夜あけの気配はなかった。そして冷い闇の中に、ガウンを着た事務長の田村が、レーダーの傍の椅子に背中を丸くして腰を下ろしていた。

荒崎のすぐあとから、交替に上って来た操舵手は谷という男で、犬伏司厨長と同じ晩、『美奈登』に泊り合わせたという男であった。

「事務長、どうした？」

交替が終って、コンパスのところにだけかすかなあかりのともされている暗い船橋に、田村と谷と自分と三人がひっそりと取り残されると、荒崎は尋ねた。

「小便におきたら眠れなくなっちまってね」

事務長の田村のすったマッチの火が、一瞬ぱっと明るくあたりに拡《ひろが》った。荒崎はその火で自分の煙草もつけた。

ヒーターはきいているのだが、眠さと寒さが、首筋から背中のあたりに残っていて、何となくゾクゾクする。

「本船で、司厨長のことを一番知ってるのは誰だろうな」

荒崎は、双眼鏡をおく台によりかかり、片目で暗い海を睨《にら》みながら言った。

「知っているって、そんなに知っているってのはいないんじゃねえかな」

谷は、舵輪《だりん》の前の台の上から答えた。

「俺なんか、奴のこと一番知ってるほうじゃねえかと思うな」

「美奈登で一緒だったって？」

警察の調べに立ち合った事務長は言った。

「あの美奈登の女将《おかみ》の名前は何て言うんだ？」

「名前？　さあてね、あんな女に、まともな名前なんかあるかな」

谷はひどいことを言った。

「潮子っていうんじゃないの？」

「シオコ？　いやあ、そんなすっきりした名前じゃなかったと思うね。まてよ、お客が呼んでるのをきいたことがあったけどね、何でも、まき子とか、よね子とか、そんなウワバミみたような名だったよ」

なぜ、まき子やよね子がウワバミなのかわからないが、荒崎は黙っていた。

「美奈登のおかみとは大分親しかったらしいね」

事務長は尋ねた。

「ん、まあね。どっちも精力ゼツリン型だからね。でも仲がよかったかどうかはわかんねえよ。大分、深刻な、というか、険悪な表情で向いあってたこともあるぜ」

「それは只事じゃない証拠じゃねえか」

「ま、そう言われりゃそうだけど」

「他に女はいないの？」

事務長は貧乏ゆすりをしながら尋ねた。

「さあ、長く続いているっていうようなのは」

「本船の誰かが、司厨長にアブラゲさらわれたようなことはないのかい」

「司厨長と俺たちは、女でも何でも趣味が違うからね」

「金は？　司厨長に借りてた奴はいないか」

谷は、へへへ、と意味深長な笑い方をした。

「俺もいつかは一ぺん、司厨長から金借りてみてえ、と思ってたよ」

「どうして」

「何しろ、ああしわくちゃねえ」

「貸さないか」

「絶対だね。俺は一度頼みに行ったことがあるんだ。昔の司厨長さんいうものは、船内で高利貸をやって、ずいぶんもうけたそうじゃないか、って言ったら、俺たちに貸すような危険を犯すくらいなら、株を買うと言われたよ」

「株やってるんだな」

「何でも兜町《かぶとちょう》に電報うつんだって噂《うわさ》があるからね」

「とすると、飲屋でも汚いかね」

荒崎も口を出した。

「いいや、そこが面白いんだ。美奈登なんかじゃ金払いがいいどころじゃないね。俺はたった一度だけど、司厨長がさ、せいぜいで五百円分ぐらいしか飲まねえのに、おかみに一万円札をぽいとわたしておつりもとらねえのをみたよ」

「千円札じゃないのか」

事務長は信じられないような顔をした。

「いや、まちがいないね。俺、そういう点になると、やたらとまちがいなくなっちゃうんだよ。へへ」

「おい操舵手」

荒崎が言った。

「何ですか」

「お前に頼みたいことがあるんだ」

「何ですか」

「室蘭へ着いたら、真先に上陸しろ」

「ありがたいね、そいつは」

「その代わり、女将のいる前で、司厨長が死んだ話をするんだ。その時、女将がどんな顔をするかよく見て来い。それから、司厨長の話をむりやりにしてみろ。お客だから、向うもいやとはいえまい」

「少なくとも一万円もらったこともあるし、寝たこともあるんだからね」

「その結果を報告してくれたら、少し飲代を払い戻してやるよ」

「そりゃ、いいですよ。それはいいですがね」

あたりは真の闇である。山景丸が、夜の海をきりさく音だけがさあっ、さあっと鮮かに聞えている。

荒崎が室蘭に着くまでに、それ以外に知ったことはまだ他《ほか》にもあった。

そのうちの一つは司厨長の家庭のことである。

「どんな奥さんだった？」

荒崎はサロンで、午後のお茶の時に事務長と再び顔を合わせた時に尋ねた。

「会社へ来た時にちょっと会っただけでねえ。よくはわからないけれど、無条件で亭主を愛しているというタイプには見られなかったなあ」

「ふうん」

オレが死んだら、女房はどんな顔をするだろうか、と荒崎は一瞬考えた。

「昔から何か困る時に相談にのってくれたこともなし、収入がいくらあるから、そのうちいくらいくら貯金しろと公表して一緒に家庭を築くというようなやり方もしない。毎月三万円だかいくらだか渡すと足りようが足りなかろうが知らん顔なんだそうです。今度の子供の蓄膿症《ちくのうしょう》の手術だって手術そのものはうまく行ったんだけど、途中で黄疸《おうだん》ができたりして、なかなかすっきりしなかったらしいけど、そんな時、たとえ知らせても、見舞にとんで来るとか、自分が来られない迄《まで》も、それじゃ余計に出費がかさんだろう、って金を送ってくれる訳でもないから、何にも知らさなかったんだそうだし……」

それが子供の葉書のあの文面になったのだなと荒崎は思った。

「奥さんの実家は千葉の農家でそこに親と同居してるそうですよ。農家ってったって、何か自分の庭先に長屋式のアパートを幾棟かたてて、そこに東京へ勤めている通勤者を入れてそっちの方でも収入があるから、あんまり、司厨長をあてにしないでもいられるっていうようなことを言ってたけど、いろいろと耳が痛いですな」

船にのっている限り、子供が急病だ、入学試験だ、といっても、おいそれとは、相談にのってやれない。みんなその点については、何度も苦い経験をなめ、家族の者からはうらまれているのである。

「でも、あの日、司厨長は見舞に行ったんだろう？」

荒崎は尋ねた。

「三時頃病院へ果物を持って来て、それでも三時間ばかりいたそうです。五時に病院の食事が運ばれて来たもんだから、子供が食べるのを手伝って、それで出たから、六時近くになったんでしょうな」

「奥さんは？」

「その日、丁度、奥さんのお父さんとかの血圧が高いというんで、いったん千葉の実家に帰って、司厨長が帰ったのと入れちがいくらいに、病院に戻って来て、それからずっといたそうです」

「ずっと、っていうのは？」

「泊ったらしいですよ。あそこの病院は完全看護なんていうんじゃないらしいから。病人のベッドの傍に、畳があって、そこにつきそい人もねられるようになってるんだそうです」

「入れちがいにね。つまり会ってないんだな。うまく入れちがいになったもんだな。だけど今度のことについてはどう言ってるんだろ」

「司厨長は何も自分のことを話さない。自分の生いたちについても話さないくらいだし、結婚してからだって、婦人雑誌に書いてあるような結婚生活なんて一度だって味わったこともないんだそうです」

「婦人雑誌か、うむ、あいつはいかん」

荒崎は呟《つぶや》いたが、自分でも、どういけないのかはよくわかっていないのであった。

「子供はしかし、したってるんだな。それも奥さんに言わせると、お父ちゃんの幻影をしたってるにすぎないんだそうですよ」

「そうかな。しかし司厨長の細君という人、案外、かしこい女じゃないか」

「そうですね。司厨長は何となく筋の通らん男でしたけど、細君のほうは、又めっぽう筋の通った女でしてね」

「過失ではないとしても細君がやったんではなさそうだな」

「しかしいくら賢い女でも、金がよその女に流れているとなるとね……それから、もう一つ、面白いことに、知らせを受けた時、細君は事故だとは全く思わなかったそうですよ。『誰にそんなことをされたんですか』ときいたらしい」

「女の直感という奴かな」

「そんなことを言ったら、その晩細君だってやろうと思えば病院をぬけ出せたんですからねえ」

荒崎は考えこんだ。

「つまり病院をでてどこかで何軒かのみ歩いて、それから真夜中近くに本船へ帰ろうとして、海に落っこった……」

「その間の時間が問題だな。本当にひとりでいたかどうかですね」

「他に女はどう？」

「ま、なじみの女をいちいち洗ってちゃ、これはきりないけど、甲板長がきいて来た話じゃ、あの、パーマネントがくせものだってね」

「どういうふうに」

「あれをかけに行く店は、横浜に決ってあるんだそうですよ」

「ほう」

「パーマネントだもの、当然、女がいますよ」

山景丸は二昼夜三時間の後、室蘭に入った。からりと晴れた冬の日で、本《もと》輪《わ》西《にし》埠頭《ふとう》から、見なれた富士鉄の工場のオレンジ色の煙がまともにみえている。

その夜、八時すぎになって、荒崎は自分の船室に谷の訪問を受けた。

「行って来たかい」

「へえ」

「どうだい」

「あれは、何かあるねえ」

「あんまりうまいことを言うなよ」

荒崎は笑った。

「女将は知ってたか、知らなかったか」

「それが全然、知らないらしかったんだな。少なくとも、そういう顔してましたよ。はっとしたような顔して、そのまま便所へ行っちゃった」

「えらく又、よくみてたな」

「いや便所かどうかはわからねえけど奥に入っちゃった。俺も死んだら女にあんな顔されてみてえよ」

「それだけか」

「いや、店の女の子にきいたらね。女将は丁度東京から帰って来たばかりだと言うんだ。本船より汽車の方が早いからね。だから……」

「あの事件の日に彼女は東京にいたんだな」

「そうなるね」

「名前のほうはどうだった」

「潮子じゃないって。やっぱりウワバミのおまきさんだったよ」

とすると潮子なる女は又ほかにいることになる。

4

荒崎が仕事の合間を見て『美奈登』へ行ったのはその翌日の午後であったが、女将はすでに、荒崎か、そうでなくとも誰かの来訪を覚悟しているような風情があった。

司厨長のことで来たというと、細い階段をあがった二階の四畳半に通され、切炬燵《きりごたつ》に足をのばして、ふとガラス戸をあけてみると、細い露路に、氷雨がしとしとと降っていた。

「どうもお待たせして」

とお銚子《ちょうし》を手にあがって来た女将に、

「おじゃまして、すまないね」

というと、

「いいえ、どういたしまして。今日はいやな日でねえ、少しやらないと気がめいってやり切れやしませんよ」

と荒崎に猪口《ちょこ》をもたせた。

「深い仲だったってじゃないか、司厨長と」

「ほんとにねえ。私も時々バカなことをしちゃって。でもこういうバカは死ぬまでなおらないのよ、きっと」

「おととい、司厨長が戸を叩きにこなかったかい。人間は死ぬと、思いの残っている相手に霊が知らせるらしいからねえ」

「それがてんで、そんなことないのよ」

「東京へ行ってたんだって？」

「そう、おっ母さんの年忌でね。東京へでてたもんですから、きっと私の留守にこっちへ知らせに来たんでしょう」

「とすれば勘の悪い霊魂だ」

荒崎は笑った。

「東京はどこだい」

「下谷《したや》の如蓮寺なんです。お寺さんは」

「あんたのおっ母さんなら、グラマーだろうね」

「肩ぬぎしてね、風を入れてる写真あったわ。わざとね、そういう恰好して……」

「司厨長があんなことになると、あんたも淋しいね」

「室蘭ならね、私は決してどんなにお酒のんでも殺させやしないわよ」

まき子は激しい口調で言った。

「どういうことだい」

「海へ落ちるほど酔ってたら、どんな雨の中だろうと雪の中だろうと、私ならちゃんとついて船まで送りとどけるもの」

その途中で酔い具合を見はからって海につき落すこともできる、と言いそうになってようやく荒崎は思いとどまった。

「誰が悪いのかねえ」

「それまで、あの人と一緒に飲んでいた女ですよ」

「誰なんだろう」

「そんなこと、私が知るもんですか。もしわかってたら、しかえしにそいつを海の中へ叩きこんでやるから」

「女房じゃないのか」

「そんなこと知らないわよ。きいても楽しい話じゃありませんからね」

「あの晩はどこにいた？」

「疑ってるの？」

「まあね」

「疑ったってかまわないけど」

「そう思ってくれよ」

荒崎は笑った。

「墓まいりだけではつまらないと思って歌舞伎へ行ったのよ」

　まき子は荒崎に酌をしながら言った。

「何年間か、いやなことも我慢して、折角ためたお金で東京へ行ったんだから」

「司厨長から一万円のチップをもらうようじゃ、それほど苦労してためた金でもないだろう」

まき子ははっとしたような顔をしたがすぐに大きく溜息をついた。

「そういうことがあったから行けるのよ。そうでもなかったら、税金と女中の給料で、こんな店のあがりなんかとんじまいますよ」

「歌舞伎はひとりかい」

「そう」

「だしものは何だい」

待っていましたとばかりにその説明を始めるのを、荒崎は聞き流していた。ここでながながと歌舞伎の説明など始めることは、却《かえ》っていかにも嘘くさくて荒崎の神経にひっかかった。

「司厨長は室蘭はここだけだったのかい？」

「そうね、後はパチンコ」

「ほかではどうだい、清水、名古屋、大阪、東京、横浜」

「室蘭以外は見張れなかったねえ」

「気になるだろう」

「でも、あの人が、本当の弱味を見せられるのは私だけだったからねえ」

「えらく自信があるんだな。よっぽど何か司厨長の首根っこをおさえてたんだな」

「私がおさえられていたのよ」

彼女はそう言ってから、あわてて言いそえた。

「つまり私のほうで惚《ほ》れてたのよ。自分で自分がかわいそうになって来ることもあったよ。何をきかされてもね、あの人が哀れで、みんな許しちゃったんだから」

涙が女将の眼に溢《あふ》れ、それをうす汚れたじゅばんの袖をひきずり出して拭くさまを、荒崎は珍しいものを見るようにじっと見守っていた。

「ほかにどんな女がいたんだ？　潮子というのは知ってる？」

「潮子？　知らないねえ。でも、最近ひどくしつっこくつきまとってる奴がいるって、うんざりしたような顔をしてたから、それじゃないかしら」

かすかに目の色がちがった。

「どこの女だろう」

「詳しくは言わないし、私もきかないのよ。きいたってシャクにさわるばかりでしょう。今は存分に道楽をするならしておいて、そのうちに二人で年をとって、今みたいに体がきかなくなったら、四国のあの人の郷里で小さな旅館でもやろうなんて話をしてたのよ」

「四国はどこ」

「高知よ。五月からもう夏が来るんだってねえ。私もう、この北海道の冬にはうんざりだからね」

身体《からだ》の中まで濡れそうな冷い雨が、軒端に灰色の線のようになってみえている。

男が死んでしまうと、もうその途端に大きな目的がなくなるからか、潮子という女の名をきいても、あえてそれを追及しないというところが『美奈登』のおかみのように積極的な情のこわい女としてはどうも辻褄《つじつま》があわない。

どうもおかしい、という谷の言葉を信じるわけではないが、明らかに、まき子はいくつかの嘘をついている。嘘というよりとりつくろっている。これは荒崎の直感にすぎないが、まき子は彼女の言うほどに司厨長に惚れ、彼女の言うように本気で二人で老後を四国でおくるつもりだったかどうかは甚《はなは》だあやしい。潮子という女にもさして関心を示さない。

潮子という女の存在は、まき子のたくらみで本当は、実在しないのではないか、という気もふっとしたが、それはすこし飛躍しすぎているようである。

しかし、現に、まき子は東京にいたのだ。例の本妻とぐるになってやった、ということはないか。

ここまで、とっぴになると荒崎は自分の素人くさい臆測がばかばかしくなって笑い出しそうだった。

会社の室蘭支店には電話で、その後のニュースが東京から入っていた。解剖の結果では、かなり酒を飲んでいること、外傷がないこと、肺の中にプランクトンのようなものが入っていることから、殺された後で投げこまれたのではないという結論がでたことを荒崎は事務長から教えられた。

それよりも司厨長の子供が、父親が死んだショックのためか、今度は肺炎のような状態になり、奥さんは葬式と病院と警察の間をかけまわっているという話のほうが荒崎の耳には生ま生ましかった。

しかし、帰航の話題の最もケッサクなものは、もはや司厨長に関することではなかった。

「一等航海士、今、みんなでわいわい言ってるんだけど、夫婦ってのは、年をとるとだんだん似て来るってのは本当かね」

夕方の当直《ワッチ》の時、操舵手の谷は言った。

「知らないね、そんなこと。誰が言ったんだい」

「どこかの週刊誌にでてたらしいけどね。外国人の例がとってあったってさ。じいさんとばあさんが七十か八十くらいになるともう瓜《うり》二つみたいにそっくりになるってね。夫婦の字が似てくるっていう話はきいたことがあるけど、顔つきまで似るかね」

「考え方が似るとそうなるかもしれないね。それにホルモンの交換もあるだろうし」

「そうなんだって、仲のいい夫婦に限るらしいよ。だけどいやになっちゃうね。船員じゃ仲がいいにも悪いにも、一緒に住む時がないんだからね」

「ホルモンの交換をするひまもないか」

荒崎は笑った。

「ほんとうよ」

谷は女のような言葉の使い方をした。

「女房とは似なくなってさ。あっちこっちの港の近くに、似たような女ができたりしちゃ悲劇だよね」

「まあ、そこまで似させるには、相当年季をいれなきゃなんないから、心配するには当らないだろう」

「みんな、なんやかんや言ってるよ。これからは美人かどうかより、似てるか似てないかで決めなきゃなんねえとかさ」

この頃はよく、夫婦や恋人の合性テスト・愛情度のテストといったものが雑誌にでているが、これも一種の退屈まぎらしである。改めて母ちゃんの写真をとり出して、鏡の中の自分と見比べて、ひそかに奮起している純情な男もいるかも知れないのである。

芝浦へ入港する頃になると、荒崎は何とかして、できれば時間を見つけて犬伏の子供を見舞いたい、と思っていた。それと甲板長から例のパーマネント屋の名前もきいてある。水上署に、あの手紙を一応は届けておく必要もあるだろう。

この荒崎の計画はうまくいって、入港した翌晩、荒崎は、五、六時間ばかり船を抜け出す手筈を整えた。

田町病院というのはすぐにわかった。

ここらあたりは空襲で焼けた筈だから、戦後すぐ建てなおされたものに違いない。そうでなければ、モルタル塗りの病院の古さは説明がつかないのである。

入口で、掃除婦とも賄婦ともつかないいでたちの女に案内を乞うと、ぶっきら棒な調子で、二階の病室を教えてくれた。

「何時まで入口は開いていますか」

ときくと、

「玄関は今もう閉めますけどね。別に門限ってのはないんですよ。あそこに非常用のドアがあるでしょう。あれはずっと開いてますから」

と甚だ気のない、不用心な言い方である。

こういう病院に限っていまに火事を出して大勢の焼死者を出すとか、突如として二階がぬけて誰かが大怪我をしたりしそうな気がするが、他の病院だったら、こんな八時などという時間においそれと見舞客を入れてはくれないだろうと思うと、荒崎はそのルーズさをせめるよりは感謝すべきだという気がした。

　室《へや》は二階のつきあたりである。ノックすると中から、

「どなた？」

　というぱさぱさした女の声がした。

「山景丸の荒崎というものです」

　というと、がたり、と立ち上る音がして、乱れた髪を気にしながら、形のくずれたセーターにタイトスカートをはいた女が顔を出した。それが犬伏夫人だということが、荒崎には勘でわかった。

「一等航海士の荒崎です。大変でしたね」

「いろいろ、この度はお世話になりまして」

「お子さんはどうですか」

「今日、ようやく八度ぐらいに熱がひきましたけど、お父ちゃんのあのさわぎで、私もついあまり面倒をみてやれなかったもんですから」

「今は？」

「眠ってます。どうぞ入って下さい」

「かまわないかな」

しかし一目、子供を見たい、という気持が荒崎を、病室の中に導いた。ベッドのほかに一畳分の畳に台をつけたものがおいてあり、豆電燈の赤い灯が弱々しい光をなげていた。子供は荒い息の中で眠っていたが、それはやすらかな眠りではないらしく、時々、顔を左右に向けかえて苦しそうな呻《うめ》き声をあげた。

「鼻の腫《は》れはひいたんですね」

荒崎は眉の濃い子供の寝顔をじっと見つめながら言った。唇は乾いていたが、それはりりしい線をもっていた。

「ええ、もう、本当なら退院できていたところなんです」

「かわいいな。犬伏さんによく似ている。彼はなかなか男らしい顔立ちをしていたから」

「私たちはほっておかれて、最後まであああしてお酒のんで変な死に方をして、一度だって、ああお父ちゃんがいてくれて気強かったなんて思うことなんかなかったんですよ。それなのに、この子は譫言《うわごと》に『お父ちゃん、お父ちゃん』なんて言うんですからね。どこがよかったかと思いますけど」

「奥さんの御不満の種はなんだったんです？」

「どこへいっても女の人とお酒でしょう。そりゃ少しは気ばらしも必要だと思いますけど、なんだかこう、夫婦が別々に相手をいやがらせるために勝手なことをしていて、私なんか飼い殺しになってるみたいな気がしてたんです」

　そう言われて、初めて荒崎は、彼女がまだ三十五になるかならないかの年だということを意識した。司厨長の細君というと、何となく、それだけで、かなりの年寄りのような気がしていたのは不思議だった。

「あの晩はせっかく見舞に来られたのに会われなかったそうですね」

「ええ、行きちがいでした」

　とは言うものの、この女が、病院をぬけ出そうと思えば、いつでも非常口が開いていて、他人の目につかずに病院を出入りできることはここへ来てみてよくわかった。

「家族の方に冷いというけど、ああして見舞にも来たんだから……」

「虫の知らせじゃないでしょうか。それにあの日の朝から黄疸がひどくなってね。『みつお、いつからこんなきいろい顔になったんだ？』ってびっくりしてたそうですよ。ふつうの親ならね、黄色くなる前に、心配するもんですからね」

「失礼ですが、奥さんのお名前は？」

「私の？」

「はあ」

「利枝です。何か……」

「いや何か又御連絡することがあるかと思ったものですから。これ、目がさめたら坊やにあげて下さい」

プラスチック製のピストルをかたどった容器の中につめられたキャンデーである。

「こんな御心配を頂いて」

「いや力落しをしないで下さい」

「力落しなんかしませんわ。又もとの通りの生活に戻るだけなんです。いてもいなくても同じような人だったんですから」

荒崎がとめたにも拘《かかわ》らず、犬伏利枝は玄関まで送って来た。表の扉は勿論《もちろん》閉っていた。《非常口から出ます》と口まで出かかったが、荒崎は彼女が玄関の戸をわざわざ開けてくれるのを黙って待っていた。

病院をでると彼は急いでタクシーをひろって田町駅へ向った。これからもう一仕事ある。横浜の、犬伏がよく行っていた『みすず美容室』というパーマネント屋を探すのである。

桜木町駅を下りたのは十時少し前であった。

タクシーを拾って彼は、

「南京町《ナンキンまち》へやってくれ」

と命じた。

みすず美容室は、南京町の表通りより一側裏にあるらしい。つまり表通りの高い支那《しな》料理店をさけて、裏側の安くてうまい店を探して食っていた甲板長が、偶然、犬伏が『みすず美容室』からでてくるところをつきとめたというのだ。

綿密な性格の甲板長の地図は実に正確だったので、荒崎はまよわずにぴたりと店の前で車を停めることができた。

すでに店の灯は消えているが、中からほのかなあかりとテレビの声が洩れている。

横手にまわって小さなドアの傍《そば》の窓から部屋をのぞくと、思わず紫色のセーターを着た三十ぐらいの女と目があった。

「どなた？」

ととび上るように驚いてききとがめるのに、

「山景丸の荒崎という者です。夜分すみません」

と答えると不審そうに立って来た。その顔を近々と見た時、荒崎はもう少しで声をあげるところだった。航海中にきいたあのホルモンの話が頭に残っている故《せい》だろうか。女は犬伏司厨長に気味の悪いほど似ているのである。

5

しかし、荒崎の驚きは、只、彼女が死んだ司厨長に似ているということばかりではなかった。近くでじっと向きあってみると、彼女こそ、事件の日の午後、芝浦の倉庫のかげで、人待ち顔に立っていた黒いオーバーの女だったのである。

「どういう御用事でしょうか」

女はまだ用心しているらしい。無理もないと思いながら荒崎は言った。

「犬伏さんという人をご存じですか」

「はあ、存じあげています。うちのお客さまですから」

そう言われて、荒崎はとまどいを感じた。

「そのことでちょっとお伺いしたいんです」

「どうぞ、おあがり下さい。とり散らしてますけど」

外から見たところでは、フランス人形なども飾ってあるらしい。いかにも女の、それも何となく弱々しい女の匂いに満ちた部屋なので、荒崎は、

「あなたおひとりのところへあがるのは悪いかとも思うんです。ですから、よろしかった

ら、鍵《かぎ》をかけて、外へでられませんか。どこかでお茶でも飲みましょう。まだ開いている店もあると思いますから」

「よろしいんですの。どうぞおあがり下さい。間もなく、うちでインターンをしている若い娘さんが帰って来ますから」

初めて微笑が浮んだ。

荒崎は窓の外からかいま見た人形のかざってある部屋に通された。女はアイロンや洗濯物などを手早くとりかたづけ、洋風の生地で作ったこざっぱりした座布団を出した。

荒崎が名刺を出すと女は、

「私は名刺を持ってませんので」

「いいえ、けっこうです」

「香椎笙子と申します」

「しょう子さん？」

「はあ」

「潮子さん、じゃないんですか」

「どうしてですの？　私は竹かんむりに生まれるという字を書いた笙子ですけれど」

「お宅にうちの船の犬伏という司厨長が来ますか」

「はい、いらっしゃっておりました」

「犬伏さんが死んだのをご存じなんですね」

「はあ、新聞で読んでびっくりいたしました」

「お宅のおとくいでしたって？」

女はうなずいた。

「彼が潮子という人のことを口にしたのをお聞きになったことはありませんか」

「さあ、存じません」

きっぱりした答えだった。

「男の客は多いんですか」

「一時はかなりはやりましたけれど、この頃はほんの二人か三人です」

「犬伏はおしゃれなんだな」

女は黙っていたが、緊張の色がいたいたしいばかりにその顔にみえていた。

「犬伏が最後にここに来たのはいつですか」

「さあ、いつでしょうかしら。一ヵ月、か、一ヵ月半くらいになるんじゃないかと思いますけど」

「その後、全くお会いになってませんか」

「はい」

「或《ある》いは約束だけでもされたことはない？」

「ございません。何とも言っていらっしゃいませんでした。新聞を読むまで何も知らなくて……」

「山景丸の人間で誰か他《ほか》にもお宅に伺っているんですか？」

「いいえ、犬伏さん以外には別にどなたも……」

　嘘を言っている。この女も嘘をついている。山景丸では誰も知り合いはないというのなら、何故《なぜ》、彼女はわざわざ芝浦まで出て来て、あの倉庫の陰にかくれるようにして人を待っていたのだ。

「実は、あの事件の日に、犬伏さんが潮子さんという女性と待ち合わせの約束をしていたことがわかったんです。名前がちょっと似ているでしょう。だからさっき笙子さんときいた時はびっくりしたんです」

　荒崎はそう言ってから、

「その日、彼はお宅の店に来たんじゃないかという人も本船にいるんだけど、あなたはその日、ずっとお店におられましたか？」

「あれはいつでございましたっけ」

と一応きいて、荒崎が、

「先週の火曜日になるのかな」

というと、近くのハンドバッグの中から手帳をとり出して眺めた。

「火曜は公休でしたから、そうそう、でかけましたわ。午後からずっと東京へでて、デパートで買物をしたり、上野へ展覧会を見に行ったりして、その帰りに映画までみたもんですから夜おそく帰って来たんです。犬伏さんがみえても、私はいませんし、留守の子も、おことわりしたと思いますわ」

その時、『只今』という声がして住みこみの娘の帰ってくるらしい気配がした。

三十分後に、荒崎は笙子と、山下公園の前の道を歩いていた。笙子がそのへんまで送って来ると言ってきかなかったからである。

もっとも歩き出して間もなく、山景丸が横浜に入港しているのではないということがわかって、笙子はためらった。

「今からでしたら、最終通船にお間にあいになると思って……」

横浜では荷物を沖取りといって、沖で荷物を陸あげしてしまってから本船を桟橋につけて、積荷の荷役をする場合が多い。沖取りのために、ブイに繋留《けいりゅう》してある時は、上陸しても、サンパンで自分の船まで帰らねばならない。そういう港内の船をめぐってあるく乗合船の最終が十一時にでるのである。もっともそれ以後も、オカの白タクにあたる船がでないでもないが、これはかなり高くついてしまう。

「あなたはよく船のことを知っているな」

荒崎は言った。

「横浜の人間は知る機会が多いんですの」

本当にそうかな、と思いながら、荒崎は何故か、この女と歩いていることに秘密の楽しさのようなものさえ感じ始めていた。それはこの女のついた嘘を少しもあばかずに、わざと寛大に見すごしているというところからくる、一種の意地悪な楽しみでないこともなかった。どうして女というものは嘘をつくのだ。人一人が生きるか死ぬかという時にもまだ嘘をついている。

荒崎はしかし、今この瞬間は、それをつきとめる気にはならなかった。自分は決して桟橋からつき落されるようなへまはしない。この女がどんな女であろうと、荒崎はこの思いをたのしみたかった。

「こうして女の人と夜の道を歩くなんてのは久しぶりだな」

荒崎は冷い夜気に向って白い息を吐きながら言った。

「奥さまは？」

「女房は、名古屋にいます。もう半年近く会わない」

「船の方はそれがお気の毒ですね。犬伏さんもいつもそう言っていらっしゃったわ」

「あいつなんか同情することはないんだ」

荒崎はにこにこしながら言った。

「女房には会えなくても、いろんなひとに会ってましたからね。君とか、その潮子という正体不明の女とか」

「うちへは只パーマをかけにいらっしゃるだけですわ」

笙子は言った。

「そうそう、たしかにあいつはそういう頭のよさがあるな。僕たちは女の人に近づきたいと思っても、せいぜい飲屋に行くか、キャバレーの女の子をからかうだけなんだ。パーマネント屋へ行って、そこの美しい女経営者と近づきになる、というような手はとうてい思いつかない」

荒崎は何気なく笙子の手をとった。

「ああ、あなたに悪いけど、女房のことを思い出すな」

笙子は荒崎に腕をとられ、その手をしっかりと握りしめられたまま、ぎこちなく答えた。

「私で、奥さまの代わりが勤まるんですか？」

「あなたに会えてよかった」

荒崎はそれにはかまわずに言った。彼は酒を一滴も飲んでいないのに、何となく心はうきうきとしていた。

「悪いけど犬伏のことなんか、忘れちまいたい」

「仏さまのおひき合わせというんでしょうね。何のためのおひき合わせか知りませんけど」

笙子は体をかたくしながら言った。

「ときにあなたはどうして帰ります」

「県庁の前から市電で。まだありますから」

「そうですか。それならよかった」

突然荒崎は、公園の樹の繁みの中に笙子をひき入れ、その頭をおさえて、顔をそむけようとする女の唇を激しく吸った。女の唇は柔かく、荒崎は笙子のなで肩の上半身を、すっぽりと抱きしめたまま放さなかった。

「あなたは何故結婚しないでいるんだ？　犬伏の愛人だった？」

「ちがいます。私にも最近、婚約者ができたんです。ですから放して……」

女の言葉には耳を傾けず、荒崎は、もう一度、笙子の唇を求めた。彼は、女の体が最初はやや厳しく荒崎を遠のけようとしてはむかい、それから次第に彼の腕の中で温く従順になるのを心たのしく感じていた。

長い接吻の後に顔を離した時、彼は笙子に言った。

「これが初めてじゃないな、君に会うのは」

「そうですの？　いつ、どこで、お会いしました？」

「芝浦で」

「いつ」

不安の色が笙子の顔に浮んだ。

「あの事件の日の午後、あなたはデパートに買物に行ったというけど、あなたとそっくりの人が黒いオーバーを着て、芝浦の本船の近くの倉庫のところに立っていた。あれはいったい、誰だったんだろう」

その翌日の午後、出港までの僅かな合間をさいて、荒崎は、八百屋の三和商店へ寄ってみた。

「どう、ここへも警察が来たかね」

荒崎はすすめられるままに、紙くずや、飲みさしの茶碗や吸殻でいっぱいになった灰皿のちらかった事務机の前の椅子に腰を下ろした。

「へえ、刑事さんがみえていろいろきいて行きましたけどねえ、死にそうな気配はなかったし、司厨長さんは人から怨まれるようなことはなかったでしょう」

亭主をさしおいて喋《しゃべ》っている細君を、

「お前は黙っていろ」と一かつして、僅かに夫の威厳を恢復《かいふく》しておいてから、三和商店の主人は、

「いやあ、もう、あんまり奇妙な事件で、私もおったまげたよ」

と火鉢に手をかざした。

「やっぱり酔ってあやまって落ちたとしか思えないらしいね。警察のほうも」

荒崎は言った。

「そうだろうね。それほどの敵を作るような人じゃないよ。うちの若い者なんかをよく可愛がってくれたしね。犬伏さんを最後に都電のとこまでのっけた野洲なんて子は、犬伏さんに身の上相談までしてたらしいからね。そんなような人情的なとこのある人だったけどなあ」

「しかし女には必ずしもそうじゃないらしいぜ。奥さんを初めとして」

「ちょっと二枚目のようなところもあったからね」

船食屋のおやじは笑い声をたてた。

「野洲ってのは、いますか？」

「ああ、いますよ」

「ちょっと会って行きたいな。なにしろ、その子が、生きている司厨長を見た最後の他人なんだから。入院中の息子さんは別として」

「これから本船へ帰られますか？」

「ああ、帰る」

「じゃ又、スクーターで野洲に送らせますよ」

「いやだね。野洲に送ってもらうとその晩に土左衛門になるんじゃないか」

三和商店のおやじは、とんでもないという表情で真顔になった。

「そんなことはないですよ。運転も慎重な子ですから」

「冗談だよ。送ってもらうよ」

おやじについて、事務所につづいたガランとした土間にでて行くと、一台のオート三輪がその空間にのり入れており、そこで生魚箱やそのほかの食糧品の箱を数えていた店員が二人ばかりこちらをふりかえった。

「おい。野洲。山景丸の一等航海士さんだ。先にちょっと話をして、それからスクーターで本船まで送ってあげろ」

その時、電話のベルがなったので、おやじはあわてて、事務所のほうに戻った。

そこは寒い吹きさらしの場所で、野洲はやせた細い首筋を見せて立っていた。おそろしく、細い、不幸な表情の蒼《あお》ざめた子だった。年は十五、六だろうか。

「司厨長と仲よくしてもらってたんだって？」

「ええ」

「どんな相談をもちかけていたの？」

「夜間の高校へ行きたいと思ってたんです」

野洲は言った。

「勉強は好きなの？」

「好きでもないですけど、このままじゃしようがないと思って」

「あの日、司厨長とどんな話をした？」

「どんなって」

「何か言ったろう」

「野球の話です。それから子供の見舞に行くんだって言ってました」

「ほかには？」

「べつに。息子さんが手術の後で黄疸《おうだん》がでて心配だとか……」

「潮子っていう女の名前をきいたことないか？」

野洲はちょっと深刻な表情で考えていた。

「このあいだの時ですか？」

「いつでもいいけど……」

「このあいだも言っていたような気がしますけど、はっきりとは覚えていないんです」

「潮子がどうしたって言ってた」

「会いに行くようなことです」

「どこへ？」

「場所はわかりません。司厨長さんは僕なんかに詳しくは話してくれませんから」

野洲は少年らしい潔癖さのようなもので、犬伏の女関係を嫌悪しているような口調だった。

「そりゃあそうだな。仕方がない」

荒崎は言ったが、もう時間はなかった。

「送ってくれるか？　船まで」

「ええ」

スクーターはすぐそばにあった。

「冬は寒くていけねえな、スクーターって奴は」

荒崎は言いながら少年の後にまたがった。少年はすぐさまエンジンをかけ二輪車はまもなく走り出した。

「すまないな」

荒崎はどなった。

「いいえ、いいんです」

「野瀬だったな」

「野洲です。野洲弘次です」

「船のりはいやか」

「わかりません」

「勉強するしないは別として命を大切にしろや」

「ええ」

野洲少年の表情はみえなかったが、スクーターはきびしく爽やかな芝浦の海風を切ってすすんだ。

「笙子と潮子か」

荒崎は少年の背中で呟《つぶや》いた。

「何ですか？」

野洲は一瞬だけふり向いて尋ねた。

「いや何でもない」

荒崎は大声でどなり返しながら、行手に現われて来た山景丸の汚れた船体をじっと見つめていた。

6

一等航海士の当直時間は、普通四時から八時までである。この時刻には、払暁と日没というもっとも光の変化にとんだ時間が含まれるために、視界に入るものの姿を見あやまりやすい。最熟練者である一等航海士の当直が要求される理由である。

今までに数限りなく、荒崎はこうして当直に立った。内航ばかりでない。夜あけらしい感動を少しもともなわぬ冬の太平洋の大圏航路の、荒れに荒れぬいた陰惨な朝もある。どこからともなく強烈な花の匂いもただよって来そうな眩《まぶ》しい翡翠《ひすい》の海に、南の陽がかっと照りつけ、心の中に長いこと忘れたままになっていた恋の想いなどを、何故となく感覚的に思い出させてくれそうな鮮かなカリブ海の夜あけもあった。

金波銀波の照りかえすアラビア海の夕暮。笑っているような藍色《あいいろ》の地中海のたそがれ。

しかしそうしたさまざまな海の記憶の中でも、その夕方ほど、荒崎の胸が乱れ、心臓が興奮にふるえていることはなかった。

犬吠《いぬぼう》の燈台と並んだのが八時十分前。やがて上って来た三等航海士と交替して自室に戻って来た時、彼はがっくりと椅子の中に身を落したまま考えていた。

解きあかし、整然とした答えを出すには、あまりにも抜けているところばかりだ。海上の勤務にしばられている人間が、陸の上の女の行動を調べあげるなどということはできることではない。それに自分が知った限りのことは水上署にも報告をしておいた。あの手紙も渡した。調べることがあれば、専門家がぬけ目なくやるだろう。

しかし荒崎が今、興奮しているのはひとり合点かも知れないが、彼にはどうやら事件のからくりが読めたような気がするからなのである。

出港まぎわに、会社の川辺が船に来て、その後わかったことを話してくれたのもその手助けになった。

まず、犬伏司厨長の死が、事故か、自殺か、他殺かという点だが、この中でもっとも可能性がうすいのは自殺である。遺書もなければ、『死にたい』と洩らしていたような事実もない。次に考えられるのは事故だが、港の地理には馴れた司厨長のことだし、もともと足をとられるほどの酔い方はしない男である。

　川辺の心の中にも他殺ではないかという疑いがあるらしいけれど、それとても素人の『感じ』だけである。

　事件当夜のことになるが、芝浦で司厨長が飲むことに決めていた酒場は新橋の『バッカス』といううちなのだが、そこにも彼は、子供の病院をでてから姿を見せていないというのである。これは川辺がしらべあげて来たことであった。

　司厨長は室蘭の例をみても、梯子《はしご》はあまりしないほうで、一カ所に腰を落ちつけると、そこでゆっくり飲んで、飲みたりなければ後は船の自分の部屋でやっている。これは本船の調理士が後になって荒崎に話していたことであった。

　とすると、司厨長の行動半径は、案外狭いことになる。

　次に考えなければならないのは、『みすず美容室』の香椎笙子の言ったことである。荒崎の睨《にら》んだ通り、笙子と犬伏との関係は、単にパーマネント屋とその客というだけではなかったらしい。それ以上どこまで深入りしていたかということになると、それは想像によるほかはないが、現に笙子が、あの挑戦的な荒崎の接吻のあとで観念したように語ったところによると、芝浦に行ったのは、犬伏から葉書が来て、北海道の荒巻鮭《あらまきざけ》をもって帰るから、芝浦までとりに来てくれ、と書いてあったからだという。その葉書には、直接本船まで訪ねて来られると、人目もうるさくていやだろうから、会社へ電話をかけて船の入港の時間を確かめてから、その三時間後を見はからって例の倉庫のところへ来い、というふうに書いてあったらしい。笙子は丁度、東京へでかける途中でもあったので、言われる通りに電話をかけて芝浦へ来た。

　ところが犬伏はいくら待っても現われなかったのだ。笙子は一時間近く風に吹きさらされながら待っていたが、船へ顔を出すのは迷惑なのだろうし、いつ迄《まで》も鮭一匹のためにそこに待っているのはみじめなのでやめてしまった。それから彼女は本当に買物をしたり映画を見たりして夜おそく横浜に帰って来たのだ。

　この話について補足すれば、この話が事実であるという証拠はない。笙子はその葉書をすでに燃してしまったというし、現に犬伏は室蘭から、それらしい鮭を仕入れた気配はどこにもない。鮭を仕入れなくても、それを口実に、笙子を呼び出したということは大いに考えられることであるが、笙子はその夜、犬伏が死んだことを知って、犬伏とのデートの一件は自分の心から忘れることにした。

「女の人ばかりを相手にした商売で、男の人とつき合う閑《ひま》もないし、犬伏さんがいろいろと親身になって話をして下さると、つい何となく身の上話をしたくなるんです。でも私、最近、中学の先生をしている人と結婚話がおきて、ほぼ決りそうになったもんですから、それとなく犬伏さんにお話して、今迄以上に親しいおつきあいはお許しねがって来なければとも思いましたし……」

「犬伏はそういうところ紳士的かなあ。逆にあなたを困らすような手にでないかなあ」

「そんなことはないと思います。あなたのほうがよほど紳士的ではいらっしゃいませんわ」

と笙子は皮肉を言った。

しかし何よりも大きな収穫は、八百屋の店員の野洲によって、事件の鍵を或る程度は握っていると思われる潮子という女の存在を確認したことである。誰か別人にあてて来たラブレターを、犬伏が拾って自分のポケットに入れておいたのではなかった。

川辺の話では、『バッカス』には潮子という女はいないという。本船の連中も犬伏から潮子の名前をきいたことはないらしい。

勿論、犬伏がたまたま入った映画館の切符もぎりの女の子とか、外泊した宿屋の女中とか、そういう連中の中に潮子がいるとすれば、どうにもならないが、いろいろと当って行くほどに、犬伏の女関係は、女房のほかは、横浜の笙子と室蘭のまき子に限られているような印象がないでもない。山景丸は、ドックを出て以来、芝浦か横浜から室蘭に行く北海道航路が多いのである。

　はっきり言えば、荒崎はすでに「潮子」に自分が会っているのではないか、と思い始めたのだ。


　荒崎の許《もと》へ、その翌晩、十時近くなってから一通の電報が入った。

『ヨウギシヤタイホ　ムロランツキシダイデンコウ　シツトハコワイ　カワベ』

　わざと容疑者の名前は伏せてあるのも、嫉妬《しっと》はこわい、などという暗示を与えてあるのも川辺らしい。

　その夜、荒崎は眠れなかった。彼は今、明確にひとりの名前をさすことができるのだが、その人物が犬伏を殺さなければならなかった理由がどうしてもわからないのだ。

　室蘭着は、日曜日の午後である。

　荷役のうち合わせをすませて、ようやく荒崎が人気のない会社の室蘭支店にとびこんだのは七時近くであった。

　川辺が本船の入港予定を知らないわけはないから、電話をかけてこいというのは、恐らく日曜でも芝浦にいる、ということなのだろう。それでも電話が通じた時、川辺は、

「おそいな、いくらなんでも日曜なんだから、もう帰ろうかと思ったんですけど、そのうちに荒崎さんから電話あるだろう、と思って待っていたんです」

「どうも、すみません。やはりわかったんですね」

「そうなんです。誰だと思います？」

「室蘭《ここ》のまき子さんじゃない」

「そう」

「パーマネント屋でもないと思う」

「じゃ、もうはっきりしているじゃないですか」

「はっきりしてもいないな。奥さんじゃない。僕は野洲だと思っていましたが」

「そうなんです」

短い沈黙が二人の間に流れた。

「もしもし」

荒崎は喉《のど》にひっからまった声をむりやりに出そうとしながら言った。しかしそれよりも早く川辺が言った。

「どうしてそう思いましたか」

「野洲がおかしいことを言ったからなんです。司厨長があの日の午後、三和商店へ来た時、入院中の子供が黄疸にかかっていると言ったというんですね。野洲は司厨長が病院へ行く前に会っているんだから、黄疸のことなんか知る訳がない。知っているとすれば六時以後に野洲がもう一度司厨長に会ったことになる」

「それだけですか」

「それが主です。だけどそれだけなら後から人の噂《うわさ》できいた話を、司厨長の口からきいたように勘違いをすることもあるかも知れない。しかし潮子を知っていると聞いた時、僕はちょっとおかしいと思った。あの潮子というサインのある手紙はまだ実にぱりっとしていて、古いものじゃない。だけどあの日、芝浦へ来ていた司厨長あての郵便物は、八百屋の三和商店の封筒だけだった、というでしょう。司厨長のところに八百屋の手紙が来るのは当り前みたいだけど、考えてみれば、寄航の度に恐らく司厨長は八百屋へ行くんだし、向うからみても、別に手紙であらかじめ知らせておく必要なんかないんじゃないかと思った。そうすると八百屋の封筒を利用して、潮子が司厨長に手紙を送った」

「ほほう凄《すご》いじゃありませんか、荒崎さん。船を下りて、水上署の刑事さんになりますか」

川辺は笑っているらしい。

「潮子というのは野洲の名前のさかさまなんだとわかったとき、はっとしましたよ。弘次

（こおじ）をひっくりかえすと、潮子（しおこ）になる……。だけどいったい何の理由で女名前なんか使ったんだろう」

「もしもし、電話が長くなるから要点だけ言いますけど、同性愛です」

「え？　どうせあいって何です？」

荒崎は川辺の言葉をよくききとれなかった。

「同性愛ですよ。司厨長のほうはそんなことなかったでしょうけど、野洲のほうは司厨長を愛してたんです。そう言えばちょっとなよなよして女みたいな薄気味悪いとこありましたでしょう。荒崎さんが芝浦をたって間もなく、行きずりの男に抱きついて、スリとまちがわれて、交番へつき出されたんです。それで恐ろしくなったらしくて、何もきかないのにすらすら自供したそうです」

「いやんなっちゃうなあ。気味が悪いなあ」

「あの日、店に来た司厨長にせがんで、どうしてもゆっくり会ってくれ、と言って、病院の帰りに自分の下宿へ来てもらったんだそうですよ。司厨長さんには今までにもまごころを尽した、って言ってました。自分のだと嘘をついて、司厨長さん用の褞袍《どてら》をくにの母親に縫ってもらって用意してあったし、司厨長が来る晩は、月給をはたいて、ビールやウィスキーを買っておいたそうです。

ところが犬伏のほうじゃ、少々変だとは思いながら、東京へ働きにでて来ている男の子が何となく自分を頼りにしているというふうに思ってただけなんでしょうね。ひまがあれば身上相談にはのってやって、いろいろ忠告なんかもしてたそうです。

しかし野洲のほうはだんだん女性的な独占欲に悩まされて、司厨長に奥さんや親しい女たちがいるのを許せなくなった。その頃から司厨長も気持わるくなって、出来るだけ寄りつかないようにしてたもんだから、あの女名前の手紙を出して、会う機会を求めてたんでしょうね。少なくともあの手紙を出す前から、野洲は完全に、司厨長の前で女になろうとしてたらしいですよ」

「するとあの手紙は……」

「筆蹟《ひっせき》鑑定もしましてね、完全に野洲弘次の書いたものだそうです」

「そうすると、あの晩、司厨長は何しに行ったんだろう」

「野洲の話によると、男は男らしくなれ、ということを言いに寄ったようですね。ほっとけばよかったんだけど、司厨長にすれば、一人の少年だか青年だかを、病的なままにしておく気にもなれなくて行ったんでしょうがね。ところが、野洲のほうにしてみたら、今夜限りで司厨長の愛情はもうほんとうに自分の上から離れて行くに違いないと思いつめちまった。他の女には渡したくないという嫉妬ですな。それで、大分、酒に酔った司厨長を送って行くと言って連れ出して、岸壁のところからつき落した。泳ぐかと思ったら、泳ぎもしないので、恐ろしくなって逃げ帰って来たと言うんです。司厨長は泳げないんだそうですからね」

「わかりました」

荒崎は言った。

「横浜の女が変な嘘ついたりするから、えらく遠まわりをしました」

「電話が長くなるからこれで切りますけどその横浜の女が、あなたあてに速達を出すっていってました。そっちにもう着いている頃じゃないかと思うな」

「そうですか、探してみます」

荒崎は電話を切ると、宿直室にいるおばさんを探して、その訳を話した。

「そういえば、先刻《さっき》私が受けとってありますよ」

そうして荒崎は一通の封書を受けとった。

彼がその手紙をひらいたのは、その夜、十二時近くになってからであった。船室の丸窓の外では、静かな雪がさらさらと衣《きぬ》ずれのような音をたてている。

「あなたさまにお目にかかりましたことは、私にとって大きなショックでございました。生まれて初めて重大な疑いをかけられ、自分の行動はいかに慎重にしなければいけないかをつくづくと思い知らされました。

一刻も早くあなたにお手紙をさしあげますには、どうしたらいいかを伺うために芝浦の支社にお電話しましたところ、偶然、川辺様という方に電話口にでて頂き、事情を説明しておりますうちに野洲という人がつかまったことをききました。

電話を切り、この手紙を書く前に、小さな紙に、『兄之霊』と書き、花をそなえて合掌いたしました。前々からこうしたかったのでございますが、今初めて、そうする気になりました。

犬伏吉太郎は私の母違いの兄でございます。

私共の父は——御記憶になければむしろ幸いですが——昭和六年に江戸川の一家皆殺し事件として自分の実の父母や妻子まで、一家七人を毒殺し、しかも逃走をくわだてた犯人として有名な男でございます。酒呑みでお体裁やで怠け者でしたので、借金で首がまわらなくなり、発作的な凶行だったといいますが、その時、生き残りましたのは長男の吉太郎一人でございました。

父は本来は腕のいい大工でしたがそうして破局の来る前に放埒《ほうらつ》な女性関係がございまして、あちこちに私生児を生ませていました。私もその一人でございますし、兄が何十年かたって会いましたまき子という人もそうでございます。その人は何でも室蘭で酒場をやっていると聞きました。

話は前後いたしますが、兄は父が刑死しましてから、親切な人にひきとられてましたが、目の前で母や弟がばたばた死んでいくのを見ていて、若い心に傷がつかない筈はありません。兄のいっさいの性格も癖もみんなこの大きすぎる試練に耐えたためだと私は思います。

私を探し出して訪ねて来てくれたのは昨年のことですが、くれぐれも父の過去は人に話すな、とまるで私の婚期のおくれていることまで自分の責任のように申すのです。

私の婚約者はそんな秘密もいっさいなしでありのままの私をうけ入れてくれる人です。兄に喜んでもらうこともできずになくなられましたのが残念でございます。実は鮭の話も嘘でございます。婚約を知らせるために私は時間を見計らって芝浦に行き、ひそかに兄の来るのを待っていたのですが、その頃、兄はもう子供の見舞に行っていた訳です。奥さんは兄のことをよく思っていないようですが、兄は家族を愛していましたので奥さんにも本当のことを言えなくて辛かったでしょう。

この手紙はお読み下さいましたら、兄の霊のためにもお捨て頂きたいのですが、兄だというよりもお客としてつきあえ、万一、昔の事件を覚えている人に会っても、それならお前にまで影響はないから、と気を配ってくれました。恐らくまき子さんにもそのように優しく言っていたと思います。

野洲という人のお父さんは、きくところによると、やはり大酒のみでろくろく御飯も食べさせなかったとか、そんなことで兄は同情したのではないでしょうか。兄はもう一度父の亡霊に殺されなおしたようなものでございます」

荒崎は読むのをやめて顔をあげた。一夜を男と女として明かしてから後に、それが兄妹だとわかった時の事を、この雪の降る夜『美奈登』のおまきさんはどんな思いで考えているかわからない。

雪はなおも、さらさらと窓ごしに荒崎を覗《のぞ》きこむようにしながら降り続けているのであった。

競売

「さあ十七万八千、十七万八千、それ以上はないか。めったにない掘り出しもの」

せり売りの男は、広間一ぱいに集まった客たちの方をにごった黄色い目で見つめながら叫んだ。

P夫人は、その声をきくと、きっとなった。

今しがた自分が十七万五千をつけたばかりなのに彼女の斜め前のずんぐりした男が、十七万八千をつけたのだ。

オルゴール一つに、どうみても十七万八千は、ばかばかしいほど高い。みんなもあきれて黙ってしまっている。ところが、このずんぐりした体つきの、頬の黒子《ほくろ》から黒い長い毛が一本生えている男のおかげで、夫人は先刻から、もう三万以上も値をつりあげさせられてしまったのだ。

夫人は怒りの感情に襲われて叫んだ。

「十七万九千！」

「十七万九千！　さあ十七万九千！　ほかにはないか、角細工《つのざいく》のオルゴール！」

「十八万一千」

黒子の男は言った。あたりから、ちょっとしたどよめきがおこった。

「十八万一千！　どうだ！」

夫人の心には稲妻《いなずま》のように、こうして自分を嘲笑《ちょうしょう》するためだけに値をつりあげているような男に、本当に落してやったらさだめし痛快だろうという思いが走ったが、しかし自分のオルゴールのコレクションのことを考えると、どうしてもこれを見のがすということは考えられなかった。

夫人は興奮し、むしゃぶるいに似たものを身うちに感じながら叫んだ。

「十九万！」

ほう、というような歓声があって、それが一せいにおさまると、ちょっとした沈黙がおとずれた。

「十九万円。他にはないか十九万！」

台の上の男は、そこでやにわに槌《つち》でがんがんとテーブルを叩いた。

「十九万！　落ちました」

黒子の男は、一瞬夫人の方をふりかえり、わざとらしい微笑を泛《うか》べながら、ちょっと顎《あご》をしゃくってみせた。

夫人は一瞬、大きな溜息《ためいき》をつき、豊かな胸をそらせた。大事業をなしとげた、という気持と、ばかなことをした、という気持と両方だった。そしてこの興奮の快さのために彼女はひんぴんと競売に通って来るのであった。

さて、十九万ものばかばかしい値段でP夫人の手に入ったオルゴールというのは確かに珍しいものではあった。

もっとも夫人のオルゴール蒐集《しゅうしゅう》はかなり有名なもので、珍しいという点ではほかにいくらでも珍しいのがある。

たとえば、ビール樽《だる》がそっくりそのまま外函《そとばこ》に利用されているのもある。極楽鳥の羽でかざったものとか、カメレオンの革ばりとか、オルゴールの音楽につれて外函のガラスの中にはめこまれた男女のシルエットが抱き合うのだとか、パイプの口から煙がでてくるのとか、奇抜なほうはいくらでもある。もちろん、宝石やトルコ石、化石、貝などをはめこんだもの、象牙《ぞうげ》細工など美術品としての価値のあるものも多かった。

ここでことわっておかねばならないことは、夫人は音楽に対して興味をもってはいないということだ。もちろん、オルゴールなどで、本当の音楽の楽しみを味わうという人は少ないだろうが、夫人はことにオルゴールの奏《かな》でる曲目が何であろうと、そういうことは一切気にしなかった。第一、古くなってさびていたり、ねじが切れてしまっているのもかなり多かった。

その日、せり売りで夫人が手に入れたオルゴールは、かなり小型のものの部類に属する。縦十五センチ、横十センチ、高さ七センチぐらい。

特徴としては、まわりを黒檀《こくたん》でかこみ、その中に、つややかなあめ色をした角細工がはめこんである。その模様は一見何が何だかわからない言葉や幾何学的な模様であったが、幸いにも夫人はかなり博識だったので、その中の一つの円形にきざまれたアルファベットが、レンブラントの『ファウストウス博士』のエッチングの中にある《ADAM + TE + DAGERAM》などの文字だということがわかったので、ほかの言葉もおそらくは魔法の呪《じゅ》文《もん》に関係したものに違いないと思った。

しかし、

Bagabi laca bachabé
Lamac cahi achababé
Karrelyor

Lamac lamc buchalyas
Cabahagy sabalyas
Baryolyas
Lagox atha cabyolas
Samahacet famyolas
Harrahya

などと言うのは、世界中の何語でもなく、したがって夫人は出典もよくわからなかった。しかし夫人は少なくとも魔術などを恐れたり、気味悪がったりするような女とは凡《およ》そ違ったので、その彫刻のデザインも、アイディアにおいて夫人を喜ばせたに過ぎなかった。

もっとも一つだけ夫人に意外に思われることもあった。それはこんなに古い年代の経ったものだから、オルゴール自体はすでに鳴る機能を失っているに違いない、と覚悟していたのに、夫人が試しに動かしてみると、そのオルゴールは鳴り始めたのである。

といっても、それはどんな種類の音楽とも少しばかり違っていた。

メロディがあまりはっきりしていないのだ。音楽というより、雑音に近い。しいて言えば当節はやりの、ミュジック・コンクレートのようなものかとも思えたが、オルゴールの年代の古さがそれを否定した。やはり年月が経って、中が錆《さび》ついたか何かして、音がこんな風にこわれて来たに違いない。いわば古びた音というものの自然さを夫人は感じた。

夫人はひとしきりそのオルゴールの姿や手ざわりをたのしむと客間のガラス戸棚の中のコレクションにこれを加えて、そしてやはり大きな満足を覚えた。夫人は十年前に夫を失って、大きな遺産をうけとり、いわば気楽な未亡人生活を続けていた。

さてその翌日のことである。朝のうちに花屋が一箱の花を届けて来た。さし出し人の名前はなく、只これをP夫人に届けてもらえばわかるのだから、と注文した男は言ったらしい。

夫人は不審に思いながら品物を受けとって花屋を返した。それから居間にもどって箱をあけてみた。中には一束の白いバラが根元を黒リボンで結ばれて入っていた。

黒リボンはどう考えても喪のしるしとしか思われない。夫人はちょっと考えていたが、すぐに思いついて、黒いリボンをむしりとった。リボンさえとれば、白バラの花は美しくかぐわしい。何かのまちがいだろうが気にすることはない。夫人は客間の花壜《かびん》に花をいけて、この奇妙な事件をすっかり忘れてしまうことにした。

夫人はそういう点では、極めて豪胆な女の部類に入るかも知れない。彼女は夜ベッドに入る時も、黒リボンをつけた花束のことなど思い出しもせず、実にやすらかな眠りについた。

ところが翌朝、再び同じような体裁の花束が、別の花屋からおくられて来た時、夫人は少々変な気がした。花屋にきいてみると、びっこの小男が、金を払い、黒リボンを結んだ花束を届けることを指図して立ち去ったのだという。

誰も死んだ人などいないときいて花屋はけげんな顔をしていたが、P夫人はびくともしていなかった、どんな怨みがあっていやがらせをしているのかわからないが、考えてみると損をしているのはその贈主ばかりである。

夫人は今日も黒リボンをひきちぎって、花を花壜にたっぷりといけた。毎日毎日新らしい花をもらうのは悪くない、と思った。

花は三日目にも届けられた。又別の花屋で依頼主が小男だという点も同じなら、黒リボンで結んであるという事も同じだったし、その花屋にとってその客が初めてであるという話もそっくりだった。

しかしさすがに三日目になるとこのやり方が少々しゃくにさわって来たので、夫人は黒リボンをすてると、代わりに赤と銀のリボンをはれやかに根元に結びかえた。そして花束をわざと表通りからみえる二階の寝室のそばにほうり出しておいた。花は一日でしおれるだろうが、そんなことはかまったことではない。もともと誰かが勝手に贈ってよこした花だ。

花が贈られて来るようになったことと、あのオルゴールを手に入れたこととの間には、どうしても何か関係があると思わねばなるまい。いったいどういうことなのだろう。

ようやく夫人は少しばかり気にし始めた。しかしその疑問はその更に翌朝、Ｐ夫人邸を訪ねて来た一人の男によって、新たな展開をみせることになった。

「Ｓ様とおっしゃる方が、最近奥さまがお買いになったオルゴールについてお目にかかりたいそうでございます」

召使いに言われた時、Ｐ夫人はとたんに、あの競売の席で会った黒子の男のことを思い出した。

あいつに違いない。図々しくもでて来て、もう一度あのオルゴールをゆずれというに決っている。意地でも売ってやるものか。

それから夫人はふと、Ｓというのは、喪の花束を届けさせているびっこの小男ではないかと思った。

「今行くから客間にお通ししておいてね」

夫人は闘志が体中にみちて来るのを感じた。

黒子の男か、びっこの小男か。

客間に足をふみいれるまで、夫人は或る種の期待に胸をわくわくさせていた。

ところが夫人の気配を感じて立ち上ったのは、ひどく背の高い、ちょっとばかり見かけのわるくない男であった。

Sは鄭重《ていちょう》に夫人に挨拶をした。

「実は、競売で角細工のオルゴールを落札されたと伺いまして、そのことで、ちょっとお目にかかりたいと思いました」

「おかげさまで大変珍しいものが手に入りまして、とても喜んでいますの」

夫人は先手をうって言いながら、男を観察した。どことなく、ちょっとくずれたところはあるが、それほど品が悪いというのでもない。服はまだかなりの新品である。

「確かに珍しいもののようですね」

男は微笑しながら言った。

「しかし、奥さまがあのオルゴールのいわれをもしご存じでしたら、もっと珍しいものであることがおわかりだと思います」

「率直におっしゃって。どういう目的でここへいらっしゃいましたの？　私にその珍しいいわれを教えて下さるためだけですの？」

「そう言われると私も困りますが、実は、あのオルゴールは奥さまのような穏かで裕福で気品のある平和な家庭生活をなさっていらっしゃるような方が、お持ちになっているべきものではないと思いますので、できればあれを私におゆずり頂きたいと思ったんです」

そら、とうとうおいでなすった、と夫人は思い、少しもとり乱した様子をみせずに言った。

「ところが、どんないわく因縁がありましょうとも、私、あれを手放すつもりはありませんわ」

「あの模様をご存じでございましょうな」

男は言った。

「全部ではございませんが、レンブラントのエッチングは……」

「ちょっと拝見させて頂けますか」

夫人は、一瞬考えたが、別にどうということもなかろうと思い、ガラス戸を開けて、例のオルゴールをとり出した。

「これをご存じですか?」

男は言った。それは丸い一見貨幣のような形とデザインをもったものだった。

「存じません」

「神秘哲学者のピエール・モラの『ゼケルボニ』の中にでて来る五芒星形ですよ。こちらはソロモンの五芒星形ですな。聖霊の加護をうけるための……と言われていますがね。この何語ともわからないのは、十三世紀のルトブフ吟遊詩人の作品ですな。これも祈りの言葉だろうといわれていますがね」

　夫人は黙ってきいていた挙句、

「私は別にそういうものをちっとも信じないんでございます」

　とつっぱねた。

「それはそうでいらっしゃいましょうとも、そんなことをあなたが気になさる方とは思っていません」

　と男はにこやかに笑った。

「しかし、こういう魔術に関する模様をつけるというのは、よほど変っているとはお思いになりませんか。オルゴールというものはひとの心をやさしく慰めるためのものだ。だから、同じ彫刻をほどこすにしても、もっと美しいデザインをえらぶのが普通だと思うんです。それなのにあえて、呪文など彫りつけたのはなぜか、ということですな」

「よい模様だと思いますね、女の横顔や、動物や、花や、ロココ風の模様などをほりつけるより、ずっとイマジネーションをかきたてられますものね」

「呪文は別としてこの秤《はかり》といらくさの模様は、ご存じでしょうか」

男はオルゴールをさし出しながら言った。

「それも呪文でございますか」

「紋章ですよ。これだけは紋章です」

「心あたりがございませんね」

「Ｌ家のです。銀行王といわれた……。一九××年に、不思議な殺され方をしたＬ氏のことを覚えていられますでしょう」

「ああ、あの事件ですか。覚えていますとも」

夫人は昔なつかしい思いにかられながら言った。彼女が若い頃の、それは大きな事件であった。クリスマス直前の或る冬の朝、その前日から姿がみえなくなっていた有名な銀行家のＬ氏が、無惨な殺され方をしていたのだ。

Ｌ氏の遺体は、バラバラにされて周囲二十キロばかりの湖の周辺にすてられてあった。胸と腕のいれずみからそれはまちがいなくＬ氏だとわかったが、おかしなことについに頭と骨盤だけはどうしてもでて来なかった。この二つは恐らく湖に沈んだものと思われた。

Ｌ氏は商売柄敵もいたけれど事件はどうしても左翼のテロにやられたのだとしか思えない状況にあった。しかも警察は遂に犯人を発見することができないままに終ったのである。

「オルゴールがＬ家のものだからといって、どうして私が所有するにふさわしくないんでございますか」

「ごもっともな質問です。しかし奥さまはおそらくあのオルゴールの音をおききになりましたでしょうな」

「残念ながら、音はよくでませんでしてね。なにせ古いものですからこわれているようですわ」

「いいえ、あれは作った時からあの通りの音なんです」

「初めからあんな音ですって？」

　男はにやりと薄笑いをみせた。

「蓋が開かないようになってますので、お目にふれなくて幸いでした。実は、あのオルゴールには、Ｌ氏の顎の皮をひきちぎって、ドラムにつけてあるんです。短いひげがオルゴールのつめになって、音を出しているんです」

　寒気がＰ夫人の背中を、水のように走りすぎた。

　しかし気丈な夫人はそれを表情には出さなかった。

「面白いお話ですこと」

　夫人は言った。

「でもどうしてそんなことをご存じですの」

「知っている人の間では名前のわからない犯人が作ったものとして有名なんです」

夫人は微笑した。

「殿方の顎ひげというものは、ずいぶん面白い歴史を持っているものですからね。その方が知り合われた、女のひとと接吻なさるとき、必ずその顎ひげにふれていますのよ。気持の悪いものではございませんわ。でも、オルゴールになるくらいじゃ、ずいぶん固いおひげでしたんでしょうね。そういうのは女泣かせのひげといいますの。

でもそれで、やっとわかりましたわ。私がオルゴールを手に入れてから、毎日黒いリボンつきの花束を送って下さったのはあなたでしたのね。つまりL氏への哀悼の意を表して黒リボンになさったんでしょう。でも、私そんなことといっこうに気にいたしませんでしたわ」

「ちょっとお待ち下さい」

背の高い男はひどく驚いた表情で言った。

「花束というのは何でしょう。私はいっこうに存じませんが」

夫人はちょっと意外だった。

「おや、あなたが贈って下さったんじゃないんですか」

「私が何のために奥さまに花束をおとどけするか意味がないと思うんです。こうしてお目にかかって、奥さまが実に魅力的な方だということを知った上でなら、私はきっと花をお贈りしたくなるのではないかと思うんですが……」

「まあ、それならそれは結構ですわ。でもオルゴールは絶対におゆずりいたしません。銀行王の顎ひげの音なんて、とても面白いと思いますもの」

「どうしても駄目でしょうか」

「残念ながら」

「それでは失礼します」

男はそれ以上はしつっこく言わなかった。その点ではむしろ紳士的によそおおうとしている様子だった。しかしP夫人の方が更に一枚上であった。

「今の男のあとをつけて」

彼女は客を送り出すと召使いに言った。

「どういう家へ入って、どんなことをするのかよくみて来るのよ」

召使いは一時間もしないうちに帰って来た。

背の高い男は下町にある一軒の食堂に入って行った。中にはひとりのずんぐり・がっしり型の男がいて、背の高い男の来るのを待ちかねていたらしい。

先に待っていた男が大きな窓ガラスの傍に陣どっていて、背の高い男もそのボックスの中に入りこんだので、召使いは、道の反対側から二人の様子をよく観察することができた。その結果P夫人を訪ねて来た男は、「やっぱりだめだった」という表情をしてみせ、それで機嫌の悪くなった男に、何かしきりに謝ったり、言い訳をしたりしている様子だった。

「そのずんぐりした男というのは、頬に大きな黒子のある男じゃないかい？」

「そうでございます。その黒子から長い毛が生えていて、彼はしきりにそれをひっぱっておりました」

P夫人はくっくっと笑い出した。

「まちがいないよ。作り話で、私を気味悪がらせておいてあのオルゴールを安く手放させようというこんたんなんだね。紋章のことだって本当かどうかわかるもんですか。競売に負けたのがくやしくてあんな小細工をしたんだわ」

P夫人は小気味よさそうにひとりでほくそえんだ。

P夫人の心に、銀行王L氏のことが、何となく気がかりになり始めたのは、その時以来である。

ひとつには、例の花束がまだ届いて来るからである。花屋は前の花屋であるが、依頼主は今度は手紙の中に金を封入して注文して来たという。署名のない手紙ではあるし、黒リボンをかけて、という事がどうしても気にはなるが、別に爆弾をしかけたり、毒薬を塗ったりしてほしいというわけではないので、届けないでほっておくということもできない、と花屋は言いわけをした。

夫人は少しばかり当惑した。

競売場で夫人にまけた黒子の男と、訪ねて来た背の高い男との結びつきはわかったが、オルゴールを手放しそうにもないとわかった今も、彼らが花を送りつづけるということは考えられない。そんなことをしても効果はあまり期待できないからだ。

夫人はひまにまかせて市立図書館へ行って少しばかりＬ氏のことを調べてみよう、と思い立った。どうも嘘くさいとは思うが、Ｌ氏についてはもっとはっきり知っておきたかった。

夫人はよほどのことがなければ決してさわらないような、古い埃《ほこり》だらけの新聞紙のつづりを貸出係からかり受け、ばらばら事件のもようを凡そ淑女にはあるまじきほどの熱心さで丹念に舌なめずりをするように読んだ。頭と腰の部分だけがついに見つからなかったという点については夫人も非常に不思議に感じた。

銀行王Ｌ氏はその無惨な最期と共に、銀行発達史上、非常な功績のあった人として、伝記の面からもとらえねばならなかった。Ｐ夫人は『銀行発達史』という本をかり出して頁をめくってみたが、中には、アナキストとか、武力革命とか、カルテル・トラストとか、恐慌とか、凡そ無味乾燥な言葉の羅列がつづいていて、うんざりしてしまった。

　夫人はしかし中にでている氏の写真をみつけた時、つくづく来た甲斐があったと思って嬉しくなってしまった。

　夫人はＬ氏を、筋骨たくましい男と想像していたのだが、写真でみると、それはきわめてものやさしい、女性的といってもいいほどの風丰《ふうぼう》だったのである。ひげどころか、顔はむき卵のようになめらかである。とうていオルゴールに使えるほどひげがかたかったということは信じられない。

　夫人はいよいよ、例の黒子の一味のからくりを信じた。女と思って甘く見て、人間の顎の皮で作ったなどといえば気味わるがって手放すかと思ったのかも知れないが、その手にはのらない。

　夫人は大満足で図書館から帰って来たが、彼らが、サギ師だったという信念を更にかためたのは、それから一週間ほど経った時、知人のパーティの席で、亡くなったＬ氏の孫だという若い青年が、自ら名のって近づいて来た時である。

　その青年は小柄であった。幼い時に小児麻痺をわずらったとかでダンスをする時、多少脚をひきずるようにした。柔い微笑をたたえた目《まな》ざしをしていて、あまり目立たず慎ましげであった。

青年の名前はＡ・Ｄといい、祖父のＬという名を受けついではいなかった。

「変にお思いになるでしょうが、私の母は踊り子で、まだ十七かそこらの時に、殺された祖父のいちばん末の息子と恋に落ちたのです。それが私の父です」

青年の話によると、故Ｌ夫人はかなり格式を重んじるひとであった。末息子が、芸人などと恋愛関係になったということはとうてい、家柄にとらわれた夫人の承認できないところだったらしい。彼女は息子たちの嫁の範囲を大体十五軒ぐらいの旧家の中から選ぼうと心に決めていた。そして、Ａ・Ｄ青年の父も、遂には、この母親の力にまけて、銀行とのっぴきならぬ関係にある船会社の社長の病身で素直な娘を妻にした。彼はその妻に対して死ぬまで優しくしていたが、片方でひそかに初恋の踊り子との関係を断ち切れず、あげくのはてにＡ・Ｄ青年が生まれたのであった。

「殺された祖父だけが、私の母を嫁のようにかわいがってくれたそうです。母は公に父の家に出入りこそできませんでしたけれど、母の誕生日には、祖父から宝石が祝いに贈られて来たこともあったらしいんです。もちろん、僕は祖父が死んでから、生まれたので、直接祖父の顔を知りませんが、母がよく話してくれたので、祖父のことは、会ったみたいによく知っています」

　Ｐ夫人は膝《ひざ》をのり出した。

「ねえ、お祖父《じい》さまのお写真をあなたもごらんになったことはあるんでしょう？」

「ここにはありませんけれど、母はいつも、写真立てに入れて飾っていましたから、僕はよく知っています」

「実はね、私のところに変なことを言って来た人がいるんですよ」

　Ｐ夫人は、Ａ・ＤにＬ氏の顎ひげを使ったオルゴールの話をしてきかせた。

「それは大嘘です。祖父はほとんどひげを剃《そ》る必要もないくらいの人だったそうです。祖父は、ひまな時に、それでもまばらに生えているひげをぬいておきさえすれば、それでよかったらしいので、母が、金の毛ぬきを作らせて贈物にしたこともあったらしいんです」

「そうでしょう。いかに何でもおかしいと思ったわ」

　夫人ははれやかにそう言ったが、Ａ・Ｄの顔にはその時ふと暗いものが流れた。

「実は私も人づてに、あなたが、オルゴールをお買いになったことをきいたんです」

「そう」

「それで、僕、あれから毎日花をお贈りしているんです。あなたにさしあげる、というよりも、祖父におくるようなつもりで……」

「あれは、あなたでしたの！」

夫人は、そう言ってから、はっと気がついた。

「じゃ、やっぱりあのオルゴールは、お祖父さまの持っていらしたものか何かですの？」

Ａ・Ｄはうつむいてためらっていた。その頬にかすかな血がのぼって来た。

「まるっきり嘘かも知れない話なんですが、あなたはそれをお信じ頂けるでしょうか」

「何のことでしょう。とにかく話して頂戴」

Ｌ氏があの冬の湖のほとりで殺されてから、半年目のことである。Ａ・Ｄの母のもとに、或る日一個の小荷物が届いた。開けてみると、家の紋章と魔術に関する模様を精巧に彫刻したオルゴールである。差出人はなく、中には一通の手紙がそえられてあった。

「私にやさしかったお前のもとにいさせておくれ、これは私の骨で作ったものだ」

もちろん、死んだ祖父がそんなことを書く筈はない。犯人自身か、或いはＬ家の内情を知っている者のいやがらせとしか思えない。これが本物にせよ偽物にせよ、ついに発見できなかった祖父の頭蓋《ずがい》と腰の骨を細工するのに丁度六ヵ月の日数がかかった、ということを匂わせている。

それを届け出て、犯人を探すことも、今ならば考えられただろうが、その時の母は、とうていそんな事実を世間に発表して、あらぬ疑いをかけられたり、噂《うわさ》のまとになったりすることに耐えられなかった。

祖父の墓まいりをするにも、Ｌ家の人々に気をかねて、見つからないように行っていた母である。母は封を開けた瞬間こそ、卒倒しそうなほどに驚いたが、すぐに考えなおして、それを身近に置くことにした。

「これが本当にお祖父さまの骨ならいいし、そうでなくても、お祖父さまの霊が、私のところで休もうとされていることはあるかも知れないと思うのよ。だからこうして私はこれを傍においておくことに決めたの」

Ａ・Ｄの母はオルゴールに花を飾り頰ずりをしながら言うのであった。Ａ・Ｄ少年は目を見はっていた。人骨を生まのままみるのは初めてだった。それは年月と、母の指の愛撫に次第にみがかれて、蜂蜜色《はちみついろ》の何ともいえぬ艶《つや》をおびるようになっていた。

「母が死んでからも、僕はそのオルゴールを大切にしていたんです。ところが、母が亡くなってから或る日僕が旅行にでている留守に、酒のみの友達が、僕の家に入って来て、少しでも金目になりそうな品物をみんな持ち出して売り払ってしまった。僕は帰って来てから、すぐ探したのですが、このオルゴールはもう古道具屋からよそに売られてしまっていたんです。

それから何年かたって、先日、人づてにL家の紋章のついたオルゴールが売られたという話をきいたんですが、今の僕は戦争で少しばかりの財産も失いましたし、長い間胸を悪くして寝ていた挙句だし、とうてい競売で落せるほどの金はありません。あきらめましたが、母をそれほどにたすけてくれた祖父の遺骨かもしれないものを、とりもどす力さえない自分にいや気がさして、せめて花なりとおくって、祖父の霊に詫《わ》びたかったんです」

A・Dの顔に淋しそうな色が流れた。

「ひとつだけきかせて頂戴。オルゴールの音は最初どんな音がしましたの？」

「ろくろく最初から鳴らなかったんです。だからもともと音楽を目的にしていなかったたんだろうと思うんです」

「あなた、今でも、あのオルゴールをほしい？」

「ええ、でも、何だかおっくうな気もするんです。オルゴールが手に入ると祖父の霊まで一緒に僕のところへやって来るような。僕が大変、親不孝だと思わないで下さい。でも何となく僕は気味が悪いんです。気味が悪いという気持と、本当は僕が、あのオルゴールを持っているべきだという気持とが闘っています。しかし僕は今、三万くらいしか自由になる金をもっていません。買えないんだから、祖父の霊も許してくれると思います」

P夫人は言った。

「もし、私が三万であなたに譲ってあげるとしたらどう」

「そんなことはいけません。僕にとって祖父の遺骨かもしれませんけど、あなたにとっては何でもない骨董《こっとう》です。十何万も損をして僕にお譲りになるという法はない」

　P夫人は複雑な心理になやんでいた。

　あのオルゴールを青年のもとに返して、金のないのを口実に過去から自分を切りはなしたがってばかりいる青年をこらしめてやろう、という思いが何よりも強かった。

　もちろん、薄気味悪いということはかなり大きな理由ではあった。中のドラムに顎の皮がはりつけてあるというのなら、直接目には肌にはふれないが、人骨細工だけは、オルゴールをいじる度に、手にさわらずにはすまない。

「いいのよ、損をしてもいいの。そういう理由なら、あなたのお母さまのお思い出のためにも、オルゴールはあなたの許《もと》に帰るべきだわ」

　青年の顔がぱっと明るくなった。

「本当にいいんですか。それなら、僕、おっしゃる通りにしたいと思います。明日、お金をもって伺っていいですか」

「結構よ。有名なお祖父さまを人身売買するみたいで、ちょっと悪いですけどね」

正直なところ、青年がオルゴールをもって行ってしまうと夫人はせいせいした。夫人は手を洗い、オルゴールのおいてあった棚まで気休めのために召使いにアルコールでふかせた。

青年は、オルゴールを買いに来た二人が、祖父殺害事件の犯人と何らかのつながりをもつものではないかとしきりに気にしていたが、夫人は大して本気に考えなかった。有名な人物が殺されるとかならず何か噂が流れるものだ。不明の差出人から、A・Dの母にオルゴールが送られたことは、案外世間に知られているのかもしれないし、少し目のきいた人間なら、L家の紋章と、L氏の殺害事件からだけでも、嘘はでっちあげられる。

この数日間のスリルを思っただけでも、P夫人は十六万の損を大したものとは思わなかった。

それから数ヵ月後のことである。

P夫人の住んでいる町から、かなりへだたった別の町で同じオルゴールが再び競売にふされていた。

黒子の男が値をつりあげていることも同じであった。競売場の前のレストランには、びっこの小男のA・Dと、背の高い男が坐ってつまらなさそうにコーヒーをすすっていた。

「今日は黒子の番だな」

Ａ・Ｄが言った。

「三日後には、又俺の番だ」

背の高い男が言った。

「それから更に一週後には俺の出番さ」

Ａ・Ｄが言った。

「俺の役が一番疲れるぜ。何しろえんえんとおっ母さんの身上話までしなきゃいけないんだからな」

「ぶうぶう言うな。富豪のかくし子という二枚目の役だ。俺なんざ、売ってくれといってもことわられる役ばかりでロクなことはねえ」

「しかし、あの黒子の奴、たかが、オンボロ・オルゴール一個でよくまあ稼《かせ》ぐことよ」

Ａ・Ｄはぼんやりと呟《つぶや》いた。

人生の定年

1

海老名治子は、魚屋の魚政のスクーターの傍《そば》に立って、荷台にくくりつけられている木箱の中の魚を覗《のぞ》きこんでいた時に、ドーンと何かが爆発するような音をきいた。

思わずぴくりとして、

「いやあねえ、何かしら」

とタコの脚をつまみ上げたまま眉をひそめた。

「爆発にしちゃ、音が小さいですね」

と魚政の若い店員は言った。

「本当にこの辺はこれだけはいやね。始終どきっとするような音がするんですもの。東京なんかこんなことはめったにないのよ」

治子の家から逗子《ずし》駅までバスで十分、逗子から東京駅までは一時間、決して遠い田舎というわけではないし、現に治子の夫も、丸ノ内の七井生命の本社まで、毎朝通っているのだから、この辺は今や通勤可能区域と考えられているのだけれど、土地の人たちは、何となく東京へ行く、とか、東京ではという言い方をしていた。

「その代わり、地震は少ないでしょう」

魚政は、早くタコを買うのかどうか決めてほしいと心中思っているに違いないのだが、口だけは治子の話題に合わせている。

「そうねえ、でもその代わりに集中豪雨があるわ」

「そうだな」

「じゃこのタコを二本と、かれいを一枚置いて行って」

「三つ切りですか、二つ切り？」

「そうね」

ちょっと考えたが、

「三つ切りでいいわ。お昼だから」

「はい、じゃ今、すぐ作っておもちします」

治子は、これで昼の食事の用意ができたことにほっとしていた。昼は夫の両親と三人である。二人は老人だから魚の切り身にしても、大きなのはいらない。それに最近のようにこう物価が上って来ると、今まで、一尾づけのかれいなら半尾という具合にけちりたくもなって来る。

魚政が、作ったかれいと、タコの脚を台所に持ってきて、代わりに金を受けとって帰ると、間もなく救急車のサイレンが遠くに聞えた。その時、結婚祝いに友達がくれた壁の鳩時計が十時をうった。

東京生まれの治子は、夫の幹二と結婚して、夫の生家のあるこの葉山に住むようになってしばらくの間は、湘南《しょうなん》の暖い風景をかなり貴重なものに思ったものであった。第一空の澄み方が違う。ここでは毎晩星がみずみずしく空一面に散らばって見える。東京では、こんな鮮かな星を見たことはなかった。それに散歩道の豊富なこと。何しろ、皮肉ではないが自動車の入れない道もいっぱいあるのだから、落ちついて話しながら歩くことができる。

しかし日が経ってみると、この土地もそうそう天国のようなことばかりある訳ではない事がわかって来た。東京と葉山と、距離にしてどれほども離れていないのに、東京の実家ではぽつぽつの雨だったという時に、この土地では集中豪雨がある。海老名家は、森戸川という小さなどぶ川の傍に立っているので、刻々に水かさがまして来る川をみていると、治子は不安でたまらなかった。もっとも、何十年と海老名の家の敷地に水がついたことはないのだそうだ。下流に、どこか低い土地があるのだろう。

しかしそれよりもいやなのは、月に何回かは——勿論《もちろん》、多い時も少ない時もあるけれど——どかんと大きな爆発音がすることだった。ジェットの衝撃波か何か知らないけれど、いきなりドドーンと窓ガラスにひびいて、心臓がぴくっとちぢみあがる。

大体、この地方は、戦前、横須賀海軍基地の要塞《ようさい》地帯だったし、今でも、京浜線の六浦《むつうら》近辺には、たくさんの火薬庫が残っている。ドドーンと来る度に、そのどれかが爆発したのではないかと思ってラジオのニュースをきいたり、新聞を読んだりするのだが、大ていの場合どこにも思いあたるような事件はない。工場の火事すらもない時が多いのである。その代わり、葉山という土地全体がそうなのかどうかはわからないが、地震というものがめったにない。これは、このあたりが岩盤の上に当るからと昔からいわれているそうだ。

魚政が行ってしまうと、治子は外へでて洗濯をした。三月も半ばともなると、井戸端で洗いものをしたくなるのも土地柄かも知れない。シーツ、Yシャツ、タオルのねまき、とかなりの量である。洗濯機はわざと買わない。

小一時間もたった頃、魚政が逆もどりして、門の前を通った。

「奥さん！　自動車事故でしたよ」

魚政はスクーターを停めて言った。

「そうお、どこで？」

治子も手をとめて尋ねた。

「小学校のちょっと先で右の方へカーヴしているでしょう。あそこで停っているダンプに乗用車がぶつかったんです。大分ひどい事故で、死んだんじゃないかって言ってますけど」

「いやあねえ」

「今日、行幸《ぎょうこう》があるらしいんですよ。おまわりがいっぱいでてますけどね。事故の車が横倒しになって燃えたらしくて今とり片づけにてんやわんやですよ」

それだけ言うと魚政は行ってしまった。治子はちょっと表通りまで様子を見に行きたいような気がしたが、洗濯をほうり出して事故現場見物にでかけたときいたら、夫の両親が何と思うかしら、と気がねしてやめた。

その代わり、治子は葉山署の騒動を思って気の毒なようなおかしいような気がした。行幸がある日には、このへんのおまわりさんたちが少なくとも一時間は前から、百米《メートル》か二百米に一人ぐらいの間隔で立っている。口の悪い人に言わせると、空巣に入るならその時に限るのだそうだ。カーヴのあるところ、道が交叉《こうさ》しているところ、工事中のところ、トンネルの出入口には必ず警官の見張りがいる筈なのに、えりにもえって、カーヴの所でぶっつかったというのだ……。

警備に立っていたおまわりさんがひょっとしてまきぞえをくったのではないだろうか、と治子は心配になった。

十分後に治子は通りの外を、土地の子供たちが大声で喋《しゃべ》っているのをきいた。

「大きなアメリカ車だな」

「うそだ、ドイツの車だ」

「ちがわい。アメリカだ。知らねえな」

「すげえな、腹だして黒こげになっていやがった」

その声をきいていると、ふと今日は土曜日だということに気がついた。もっとも、亭主は今日は午後から会社の人の結婚式があって、ふだんの通り、夕方にしか帰らない。

海老名治子はそれから昼食の仕度にかかり、夫の両親とリビング・キッチンで食事をすませた。かれいの煮つけだと、脂っこくないから、後片づけはきわめて楽である。

一時十五分には、彼女は夕食の買出しに逗子まででかけた。逗子駅より手前の郵便局前でバスを下りてそこからいつものコースを歩くのである。

八百屋もスーパー・マーケットも菓子屋も、みんな行きつけの店がきまっている。治子が八百屋へ入った時である。

「奥さん、午前中大変でしたねえ」

と治子の顔をみるなり八百屋のおかみさんが言った。

「何のこと？」

「宮口さんの車がぶつかって。御存じないんですか？」

治子は急に心臓が音をたててうち始めるのを感じた。

「宮口さんの車だったんですか⁉」

宮口というのは、治子の夫の海老名幹二の勤めている七井生命の財務部長で、葉山よりもっと先の、秋谷海岸のみえる家に住んでいた。

「それで怪我をなさったのは？」

「御主人が今日はおひとりで運転していらっしゃって、江の島へゴルフへおでかけの途中だったとかなんですよ。まあ、一時はこのへんも大変な騒ぎでしたよ。何しろ、あと四、五十分で、お召列車が着くという時に車が横倒しになって燃えて道をふさいだっていうんですからね。応援のおまわりさんがかけて行く。救急車は向うからくる。車をつりあげる。あれは何ていったっけ……」

おかみさんはそこでつまった。

「レッカーですよ」若い店員がそばから言った。

「そうそう、そのレッカーとやらを鎌倉から呼んでつりあげて、ようやく……」

「それで宮口さんは？　亡くなったわけじゃないんでしょうね」

「消防の人は重傷だって言ってましたけどね。何でも、ブレーキがきかないってことがわかって、車からとび下りたようにみえたそうですけどね」

「病院は？」

「駅前の疋田病院らしいですよ」

「ちょっと電話をかして下さる？」

「どうぞ」

治子は完全にあがっていた。しかしとにかく、治子はこの事件を東京の夫の許《もと》に知らせなければいけない、と思ったのだった。

2

ボーイが寄って来て、そっと海老名幹二の耳に囁《ささや》いた。

「海老名様とおっしゃいますでしょうか」

「そうです」

「お宅からお電話でございます。急用なので是非お電話口へおでになって頂きたいそうでございます」

結婚式は、今、始ったところであった。仲人が挨拶をのべている。席を立ちにくい、と思ったが仕方がなかった。幹二の隣の席にいるのは、同じ大学から七井生命に入って、今は財務部貸付課にいる二瓶章だったが、

「行ってこいよ」とすすめてくれた。

「しようがないな」

言いわけするように呟《つぶや》いて、海老名はそっと立ち上り、足音を殺してボーイの後について会場を出た。

「お電話はこちらでございます」

今日の披露のために特別にしつらえた受付のテーブルの前を通りこして、階段の上のちょっとした広い場所に小さなテーブルがあり、そこに受話器のはずされた電話器がみえた。

「もしもし」海老名は軽い緊張を覚えながら言った。

「あなた? 私ですけどね」妻の声であった。

「どうかしたの?」

「宮口さんが亡くなったの。ほんのさっき、江の島へゴルフへ行く途中自動車事故で」

「部長が⁉」

「まだ、そちらにお知らせがいっていない？」

「今、この披露の席に来てるのは、田中専務と人事課長と……とにかく誰もまだ知っている様子はないな」

「詳しいことはわからないんですけどね。私も今、逗子へでてきて八百屋さんできいたばかりなんです。駅前の疋田病院に入られたというんで電話したら、救急車で運ばれて間もなく亡くなったんですって。奥さまも間に合われたか合われないかぐらいらしいのね」

「衝突？」

「葉山小学校のすぐ先のカーヴのところで、停っているダンプにぶつかったんです。ブレーキがきかなかったっていう話だわ」

「弱ったな、今、披露が始ったとこなんだ」

「おめでたの席でそんなことも言えないでしょうけど、何しろこちらでおきたことだから、東京ではどなたも御存じないかと思って……」

「うん、よく知らせてくれた」

「いやあね、私、まだドキドキしてるの」

「うむ」

「気をつけて帰っていらして」

「気をつけたって、不可抗力の場合もあるだろうけど……」

海老名は、妻に対していささか酷な返事をしてから、

「あ、もしかすると二瓶君も一緒に行くかもしれないから」

「どうぞ、お夕食の準備をしておくわ」

「たいした仕度はいらない。ここで御馳走がでるから」

電話を切って席に戻った時、皆は乾盃《かんぱい》のために立ち上っているところだった。乾盃は専務の発声で行われた。シャンペンに一口口をつけただけで、海老名は席につきながら隣の二瓶の耳に囁いた。

「宮口部長がさっき死んだ」

「え？」

「ついさっきだそうだ。自動車事故で……女房が知らせて来たんだ」

「自動車事故って、ひかれたんだろうか」

「いや、自分で運転していて、ブレーキがきかなくなったらしい」

ボーイがオードブルを運んで来た。

「ほんとに、事故かな」突然、二瓶が呟いた。

「事故でないとすると、何なんだ？」

「自殺じゃないかな」

来賓の祝辞が始り、今しがた乾盃の音頭をとった専務が再び指名され、それを迎える拍手の中で海老名は声をひそめて尋ねた。

「自殺って、どうして？」

「どうしてってこともないけど、こないだの役員会でね、彼は今度こそ、専務になれると思っていたのに、アテがはずれたもんだから大分落胆していた、という噂《うわさ》がある」

「そんなことぐらいで死ぬかな」

「ああいう出世主義の人物はわからんぞ」

海老名は何となく胸をつかれた。

「あとでゆっくり君の話をきこう」

「とにかく、ここが終ったら僕も葉山へ行くから」

二人はそれから急に黙ってしまった。

財務部長、宮口亮に関して海老名が知っていることといったら、実に僅かであった。何といってもまだ就職三年目だから仕方がないが、それにしても、部長が自分と同じ方向に帰るのでなければ、ろくろく顔さえ知らなかったかも知れない。海老名のいる人事課は三階で、財務部は四階とフロアーまで違うのである。学生時代は毎日のように顔を合わせていた二瓶とだって、食事の時に一緒にならない限り一ヵ月でも会わないこともある。

宮口は背の高い、眼鏡をかけた、いかにも神経質そうな顔の男であった。ソツがない、という言葉は、それがある政治家をあらわすのに使われて以来、すっかり喜劇的な意味をもつようになってしまったが、本来は宮口のような、冷静で計算高い男に使われていたものであろう。

宮口亮は今年五十三歳であった。東大の法科を出て、すぐに七井生命の専務であった宮口喜平の養子になった。宮口喜平には里子という一人娘があり、知り合いの寺の息子であった亮に惚《ほ》れこんで養子にしたといわれるが、この里子はかなり醜い娘で、背が高く冷い二枚目風の容貌をもった亮とはどうみても似合いの夫婦とはいえなかった。つまり、亮はあくまで、養父の財産と地位を得るために、里子という景品を我慢したのだ、という説がある。

しかし、この里子夫人は、終戦の年の空襲で焼夷弾《しょういだん》に当って即死した。宮口喜平は当時、引退して、隠居の身分だったが、娘を失って落胆したものの、養子の亮がそばでまめまめしく仕えたので、それに頼っている、という感じだったらしい。

ただ宮口亮ほどの計算高いソツのない男でも過去においても、現在においても、時にいくつかの小さなミスをすることはあるようだった。前夫人の死後、一周忌もすまないうちに、現在の茅《かや》夫人と結婚したのもその一つであろう。宮口喜平もこれについてはいささか不満の言葉をもらしたという話があるし、いくら何でもあんまりあっさりしすぎている、という周囲の批評もあった。茅夫人については、どこの誰それの娘ということはわかっていない。只ほりの深い、高貴な顔だちの中にどことなく甘さをもった長いまつげと心もち部厚い唇をみれば、或る写真家がモデルにしてかなり長い期間撮影していたということもうなずける。夫人は和服でも洋服でも実に鮮かに着こなした。宮口部長よりも夫人はずっと年が若く、まだ三十五、六にしかみえなかった。

もっとも、海老名の女を見る目はそれほど正確ではないという自覚があったので、彼は妻と共に宮口夫妻に初めて逗子の町で会った直後に、きいたものであった。

「あの奥さん、若いな。いくつだろう」

「若くはないわ、もう三十五、六、か六、七にはなってるでしょう。首筋をみると老けてるわ」

「若いというのは部長の年に比較しての話さ」

いずれにせよ、宮口部長が茅夫人と結婚したのは、今から十六年も前のことになる。海老名がまだ八つの子供だった頃の話である。海老名が七井生命に入社した頃、宮口部長はまだ東京の麻布に住んでいた。義父の宮口喜平がまだ九十何歳かで生きていて、宮口夫妻は、未《いま》だに部屋住みのような恰好がなくもなかったのだ。

　しかし、間もなく喜平が死ぬと、宮口は麻布の家を売り払い、代わりに、湘南の秋谷海岸に、昔、佐々伯爵が建てた、とかいう大きな白い洋館が売りにでていたのを買ってうつり住んだ。この白い家は、海からもかなりよくみえて、漁船も目標にしていたし、海老名も幼い頃、友達と船を出したりすると、いつもこの白い家をみて、西洋の城を連想していた。勿論、今になってみると、とてもそんな大きなものではなかったが、それでも土地に詳しい者なら一も二もなく思いあたる建物であった。

　このひっこしの経緯については誰もよくわからない。宮口亮は養子であるから、麻布の家を整理して、遺産を分与しなければならぬ義父の近親者があったのかも知れない。しかしいずれにせよ、夫婦は、この湘南の土地にうつり住み、海老名は間もなく、部長夫妻と逗子の町や海岸で時々顔を合わすようになり、向うも部は違っても海老名の名前と顔を記憶するようになった。

　宮口夫妻には子供こそなかったが、それ以外は、何から何まで恵まれた、世にも幸運な美しい夫婦という感じだった。

　毎朝夫人は、二、三年前の年式のシボレーを運転して、夫を逗子駅まで送った。海老名の顔を覚えてからは時々、バスの停留所に立っている彼を気さくに拾いあげてくれることもあったが、部長夫妻が運転席に、自分は客のように後の座席に坐り、逗子駅で、又部長は一等自分は二等と別に客車にのりこむことを思うと、海老名は何となく気重な感じがして、それ以来一電車、おそくするか早くするか、或《ある》いは、バスを待つにしても、わざと人かげに立って道に背を向け新聞を読んで、部長の車に気づかれないようにしていた。つまり海老名は、宮口部長が、逗子駅で自分だけ一等車にゆうゆうと坐り、海老名は、逗子駅で増結される何台かの二等の車輛《しゃりょう》に先をあらそってのりこまねばならぬ、という状態をみるのが多分少しは辛いに違いない、という意味で、部長と一緒になるのを避けたのだが、その後、あちこちできく宮口の性格を総合すると自分が一等で相手が二等などということを、宮口という男はこうも気の毒がったりする訳はないということがわかった。

「今日、宮口夫人に逗子で会ったわ」

　或る日妻が言った。

「八百屋のおかみさんが言ってたけど、宮口さんのところでは大根一本でもつけですって」

「そりゃそうさ。この辺は田舎だからね」

　海老名は言った。

「そうじゃないのよ。奥さんに殆んどお金というものを持たせないんですって。だから月末の最後の日曜日に必ず集金に行くんだそうよ。その日は部長さんがうちにいて、何でも自分の手から支払いをするんですって」

海老名は内心びっくりしたが顔色には出さなかった。

「家計簿を亭主が点検するといううちは案外多いもんだぞ」

「でも八百屋で言ってたわ。あの奥さんお気の毒みたいだって。いつか宮口夫人が店へ入って来て、言いにくそうに小さな声で、今そこで思いがけない友達に会ったので、小倉アイスをおごりたいから四十円かしてくれ、って言うんですって。あのちゃっかりしたおかみさんがさすがにかわいそうになっちゃって、奥さん何か名目をつけて、お勘定につけておきますから、どうぞ百円お持ちなさいましって言って、かしたんだって言ってたわ」

「しかしつけでならいくらでも買えるんだから、別に苦労はないだろう」

「それはそうね。私みたいに後いくらあるかと思って一円玉を数えながら道を歩いたりしなくてすみますものね」

計算のいい男の、二つ目のミスと思われるのはそういうことであった。しかし、入社三年目の海老名が、部長に関して知っていることと言ったら、ほとんどそれくらいしかなかった。

3

披露宴がおひらきになったのは三時近くで、四時半には、もう二瓶と海老名は逗子から秋谷へ向うタクシーにのっていた。タクシーの運転手は昼の事故を知っていた。海老名が、秋谷海岸の白い家へやってくれというと、運転手の方で言い出したのであった。

「お客さんは事故は知ってるんでしょうね」

運転手は言った。

「さっききいて驚いてかけつけるところなんだ」

「しかし宮口さんが亡くなったというには驚いたねえ」

「いいお客さんだろうからなあ、あそこのうちは」

タクシー会社は逗子と葉山に一軒ずつしかない。これもよく頼むうちなら月末勘定がきくようになっている。

「毎朝行きは奥さんがシボレーを運転してたけどね。帰りは大ていうちの車だったね。あの旦那、又えらく帰りの時間がまちまちだからね」

「事故の現場をみた？」

「いや、私は丁度、鎌倉の方へでていてね、いなかったからなんだけど、行幸前で、ここの警察はきりきり舞いしたらしいね」

「ダンプにぶつかったってきいたけど」

「停ってて、しかも土を満載したダンプにね、ぶつかってはねかえって横倒しになって燃えたっていうけど、何しろ、すぐ片づけちまったからね。もうすぐだよ、現場は」

そこは第二トンネルをぬけて、道がゆるやかに下りながら右の方へカーヴしているところだった。

「ここだ、ここだ。この左側にダンプが停っていて、車は速度をおとして右へハンドルを切ろうとして切れなかったらしいね」

もはやそこには、ダンプの姿はない。僅かにガラスが散り敷いているようにもみえたが、それとても行幸前のことだから、急遽《きゅうきょ》はき清めてしまったのだろう。ほんの一瞬、海老名の背に寒いものが走った。二瓶も黙ってその惨事のあとをふりかえった。しかし海老名はすぐに、運転手の話に或る奇異なものを感じた。

「左側にダンプが停っていて、それにぶつかったっていうと、部長の車は家へ帰る途中ということになるね」

「そうだね」運転手は言った。

「ダンプは、あの前の分譲地の整地で出来た土を横須賀へ運んで行こうとしてたんだからね。ダンプも鼻づらは横須賀へ向いてたわけだね。そこへ宮口さんの車が後からつっこんだんだから……」

残土を満載して出発直前のダンプだとすると、シボレーにとびこまれても、びくともせず、むしろはねかえしたのかもしれない。しかしいずれにせよ、江の島にゴルフに行く途中だときいていたのに、方向からみるとまるで逆に車を走らせていたことになる。

御用邸の前の歩哨《ほしょう》小屋には、警官の姿があった。

「今日は署長も泡くったろうよ。何しろ横倒しになった車をどけねえことにゃ、天皇さんの車が通れねえって騒ぎだったから」

運転手は葉山署に対していささかも同情的な口調ではなかった。しかし間もなく前方に明るい海がひらけた。長者ケ崎であった。

「きれいだな、久しぶりに海を見たよ」

二瓶が感嘆の声をあげた。このバラ色の夕陽にそまった海は、小さな藍色《あいいろ》の江の島と、それからはるかかなたの富士を珍しくくっきりと見せて、数分前まで、二人がとらわれていたなまなましい死の想念を追い払ってくれるようであった。

「しかし僕だって海なんてろくろく見ないからな」

海老名は言い、それから改めて尋ねた。

「部長んとこへ、一度も来たことがない?」

「ないんだ。客が好きじゃないらしいし、正月には必ず、郷里へ帰っていないだろう。もっとも後から後から年始におしかけられちゃかなわない、ということもあるだろうけどね」

「そうだったな」

「秋谷というのは?」

「葉山の次が、御用邸のある一色《いっしき》、そこからここが長者ヶ崎だろう。このずっとつづきの海岸なんだ。久留和、秋谷、と並んでいる」

「大分遠いな、ここから通うのは」

「バスにのっちゃ大変だ。だけど車で逗子まで行くんなら、十五分ぐらいだからね。逗子から東京駅までは一時間五分、通えない遠さじゃあない」

「しかしこういう海を見ながら暮すのはいいだろうね」

「部長もそう思ってここへ引っこして来たんだろうな」

車はやがて、がっしりした石塀《いしべい》の続いている門の前で停った。

「ここか」

「うん」

宮口家は、小さな岬の鼻の、三角形の土地の上にあった。つまり庭の二方が海という絶景の地であった。門は車が入るだけの小さなものだったが、低い松の林があり、中へ入ると白い洋館が、その奥にどっしりと建っていた。

「えらく立派なうちだな」二瓶は言った。

「僕は麻布のうちというのを知らないけど、何でも三百坪からあったそうだからな。それを売れば、このへんで、五百坪やそこらの土地つきの家は買えるだろう」

海老名は声を低めて言った。家はしんかんとしていた。

「庭先から、専用の舟着場へ下りられるようになっているんだ」

「モーター・ボートでももってるの？」

「いや、小さなオールつきのボートくらいあったと思う」

海はひらけた庭の向うにきらきらと輝いていた。しかし二人は底ぬけにあかるい、頰をそめたような海には顔をそむけ、玉砂利をしいた道を、さくさくと玄関の方へ歩いていった。

4

宮口部長は、窓を開け放った二階の寝室で顔を白布でおおわれて寝ていた。

「葬儀屋さんがもうすぐ来てくれるという話ですけど」

宮口夫人はそう言いながら、夫の顔から白布をとった。夫人は黒いスーツを着て口紅のあともなかったがその瞬間蒼白《あおじろ》い彫刻像のような横顔に微《かす》かに緊張した表情をみせた。

海老名は部長の動かぬ顔を見た時に、彼がそこに弱味をさらけ出して眠っている、という気がした。しかし考えてみれば、それはごく単純な理由からかも知れなかった。

部長は眼鏡をかけていなかった。当り前のことだが、あの宮口のトレードマークのような計算高い目が眼鏡の底から光っていないので、彼は弱味をさらけ出しているようにみえるのであった。

「傷をしておられませんね」二瓶が言った。

「偶然ですか、自分でダメだと思ってとびでようとしましたのか、とにかく体が車からほうり出されていたそうで、その故《せい》か頭蓋《ずがい》骨折というんでしょうか、頭はひどくうったんでしょうけど、顔には、信じられないくらいやけども傷もしていないんです。肘《ひじ》や、脚はかなりやられているんですけど」

しかしその部分は、シーツに覆われてみえなかった。

「虫が知らせたんでしょうか。今朝、出て行く時に、下着から何からきれいに着換えて行ったんですの」

「よくそういうことがあるそうですね」

二瓶が夫人と話をしている間に、海老名はあたりを見廻していた。寝台がひとつだけなのが何となく部屋を落ちつかない感じにしていた。

遺骸が運びこまれてから、寝台を一つうつしてしまったのだろうか、とも考えられたが、それらしい気配はなかった。只、大きすぎる空間に、一つしかベッドがないその不安定な感じを、どっしりした事務机がおぎなっていた。事務机といっても、会社の机の上のように、乱雑ではない。保険業務に関する原書らしいものが五、六冊、整然とつみ重ねてある。

つまり部長はこの部屋でひとりものの男のように、寝たり本を読んだりしていたのだろう。そのことだけをとりあげて、すぐに、宮口夫妻が冷い、と言い切ることは、早すぎた。王侯・貴族の寝室は別だったともきいている。これだけの広いうちに子供もなく暮していれば、部屋はいくらでもあるだろうし、実際のところ、年をとって寝つきでも悪くなれば、妻に遠慮などしないで、真夜中におき出して、本を読んだり、月を見たり、波の音を聞きたかったりするかも知れない。

海老名はしかし死んでから初めて部長の私生活を覗《のぞ》いたようで、理由もなく、小さな感動を覚えながら、遺骸に目礼して部屋を出た。間もなく、葬儀屋や、財務部の連中、それから、専務もやってくるに違いない。

階下へ下りる階段の途中で、海老名は下から上って来る若い娘をみて、『あ』と立ち止った。向うも、半分頭を下げるような、笑うような、ぎごちない態度ではあったが、海老名を見つけて立ち止った。

葉山の福田、という大工の娘の水江であった。達者に自転車を乗りまわし、東京のデパートに勤めたいといいはって困ったものだ、と父親をなげかせていた子である。海老名の家では、彼の結婚と同時に、一間増築したので、その普請をうけおったのも福田だし、古い母屋の根太《ねだ》がくさった、雨もりがする、という度に修理を頼むのも福田である。その度に、この水江が自転車にのってやって来て、

「お父さんは、明後日必ずきます」とか、

「今日来る筈だったんだけど、カゼをひいて来られなくなりました」

とかいう具合に知らせに来るのが水江だったのである。

「どうしたの？　いつから、こちらの仕事をやっていたの？」

海老名は、まだ十六か十七の筈の娘に尋ねた。

「いいえ、そうじゃないんですけど、先月から、前にいたお手伝いさんがやめたもんで、こっちへ来ることになったんです」

とうとうデパートで働くことを諦《あきら》めさせられたのだな、と海老名はいくらかかわいそうに思った。水江にとっては東京のＢＧになることが夢だったのだ。福田は実直な、腕のいい職人で、

「デパートなんざ、たとえ入れてもらえても、空気は悪い、通勤にゃ時間がかかる、服はいる、下らねえ金づかいや、交際を覚える、でろくなことはないからねえ」

と言っていたのである。それを思い出しながら、

「そう、デパートよりはそりゃ、ここの方がいい。こんなことになって大変だけど、こんな時こそ一生懸命やりなさい」

海老名が言うと、水江は、

「ええ、お父さんも仕事を終ったら、何かと手伝いに来ると言っていました」と言った。

その時、下の方からがやがやと人の入って来る声がした。海老名は踊り場の窓から下を覗き、顔見知りの会社の連中が入って来るのを認めた。

夕方六時には、専務が来た。八時には副社長も鎌倉の自宅からやって来た。それと同時

に貸付先のユニヴァーサル工業の社長が悔みにかけつけた。海老名の見ている前で、彼は急ごしらえの受付のテーブルに、かなり部厚な香奠《こうでん》の包みを置いた。社長の姿が階上に消えると、受付のテーブルにいた二人の貸付課の社員がそれを裏返した。

壱拾万円、という字が、左隅に小さく書かれ、封をあけるとそこには手の切れるような一万円札が十枚入っていた。

海老名はそれから宮口家の台所へ行った。やって来た人々のために、台所はごった返しているらしかったので、海老名はいくらか手伝ってもいいと考えたのだった。何といっても、自分は、土地の者だし、亡くなった部長の部下ではなくても、すでに財務部の連中もきているからである。

台所では、水江が近所の人らしいエプロン姿の女の二人を指揮して、お茶をわかしたり、すし屋に催促の電話をかけたり、木箱から茶碗を出したりしていた。驚いたことに、このうちには、五十人前もそろった湯のみ茶碗がちゃんと用意してあるのだった。

「奥さんは涙をこぼしていないな」

海老名はきさくに、茶碗を包んである紙を手伝ってとりながら水江に言った。

「そうねえ」

「気丈な方だからねえ」

エプロン姿の手伝いの女たちも言ったが、なぜかその言葉の調子はおざなりだった。

「今朝、部長は少し様子が変だったって?」

海老名は、自殺ではないか、といった二瓶の言葉と、虫が知らせたのか、下着をきかえて行ったという夫人の言葉を思い出しながら尋ねた。

「そんなこと、私はぜんぜん思わなかったわ」

水江はけろりとしている。

「招待ゴルフだったんだろう。それなのに、その連中が、部長が来ないのを変に思わなかったのかな」

「行けたら行くって言ってあったらしいんです。だから、その時間までに行かなくても、皆なんとも思わなかったんでしょう」

「知らせがあった時、びっくりしただろうね?」

「奥さんが、私と一緒に逗子へ来てくれ、っていったんです。それで病院へついたら、もう殆んどダメだっていうことで……それが、十一時少し前だったかしら。そしたら奥さんが……」

水江が言いかけた時、「ちょっとすみません、どなたか二人ばかりお願いします」という声がかかった。会社の者が何か用事があるらしい。

「私行きます」

という水江の代わりに、エプロン姿の一人が時々手伝いに来ていて勝手を知っているらしく、

「水江ちゃん、いいよ、私が行くから」ともう一人をつれてでて行った。

「じゃ、君も息をひきとるのを見届けたわけ？」

「ううん」

水江は海老名の問いに首をふった。

「奥さんがその時、旦那さんの上着のポケットに入ってた鍵《かぎ》をとって、私に渡してね。これをもってタクシーにのってうちへ帰って、金庫をあけて、中にある銀行の通帳とハンコをもってすぐお金を下ろしに行ってくれ、と言われたんです。だから私は病室には、十分もいなかったな」

「お金？」

「だって、ほら、うちの旦那さん、がっちりしてるでしょう。お金なんてうちにもおいてないし、奥さんにも預けてないし、病院に払うお金もないからよ。それに今日は土曜日だし、午前中におろしておかないと困るでしょう」

「しかしよくそこまで落ちついて気がついたな」

「私ね。五十万円なんてお金、現金でもって帰らされたの初めて。どきどきしちゃった」

「五十万円ね。僕も握ったことないな」

海老名は言ってから、

「しかし、部長の車はぶつかった時、この家へ帰る途中らしかったけど、本当は江の島のゴルフへ行くとこじゃなかったの？」

「さあ、そういうことはわかりませんけど、旦那さん、時々、思いがけない時に帰ってきたわね」

「何でだろう」

「奥さんを見はるためじゃない？　若くて美人の奥さんをもってると、男も心配なんでしょ」

「水江ちゃんも、生いきなことを言うようになったな」

海老名は苦笑した。

5

宮口部長の葬式はそれから三日目の火曜日に、青山斎場で行われた。しかし遺骸はその前に鎌倉の火葬場で急いでダビに付された。夏ではないし、そのまま告別式の会場に運んだら、という話もなくはなかったのだが、夫人の希望で先にお骨にしておくということになった。

海老名は月曜以後は、事故の後始末からは遠ざかっていた。その代わり財務部の連中が事務に必要な最低の人員を残してみんな出て行った。

葬儀の日の午後、四時すぎてから海老名は二瓶から電話をもらった。陰鬱な雨の日であった。

「どこからかけてる?」

「斎場からだ。後始末が終りかけたとこなんだけど、手がすいたらどこかで落ち合わんか」

「そうしよう。疲れたろう」

「うんまあね、会っていろいろ」

「例のところに五時半はどうだ」

「それがいいな」

例のところ、というのは二瓶とよく行くおでんやであった。五時すぎに海老名がその店の二階の階段を上って行くと、すでに奥の方のちゃぶ台にぐったりしたような表情の二瓶が坐っていた。

「いっぱい、のまなきゃ疲れがなおらねえや」

白い上っぱりの小僧に酒をたのむと、二瓶はやれやれと言った表情でもう一度首筋をなで、それから改った表情で、

「あの節は泊めてもらっていろいろありがとう」

と礼を言った。

「どうだった」

「いや、斎場へ行ったら酒がのめるかと思ったけどねえ」

二瓶は笑った。

「でないのか？」

「お茶だけさ。弁当もろくろく食う時間がないような有様だからな」

「ふうん」

「しかし、俺の説はやはり、あたっているのではないかという気がした」

「自殺説か？」

「うん」

「しかし遺書があったというような話はきかないだろう」

「そりゃ、書かんだろう。部長はおしゃれというか、見栄《みえ》っぱりだからな。役員になれなくて死んだと思われるのは、どんなことがあってもいやだろうよ」

二瓶は後の壁によりかかり、ぼんやりと煙草の煙を吹きあげた。それからだるそうに灰を灰皿の中に落すと尋ねた。

「会計に、児玉というおっさんがいるの知ってる？」

「うん、うん、あの猫背の……」

「あのおっさん、僕の下宿の近くに住んでいるんだ。それで時々一緒になるけどね。昨日、帰りに玄関のところで偶然顔を合わせたらね、何が何でも、どこかへちょっとつき合ってくれ、というんだ」

二瓶の話によると、彼は父親に近いような年の児玉にせがまれて、近くのトリスバーに入った。すると児玉は、部長が死んだという話をきいていらい、ねざめが悪くて仕方がない、うっかりひとにもいえないことなのだけれど、二瓶さんにだけは是非きいてもらっておきたいことがある、と前おきして話し出した。

児玉の気がかりのもとというのは、丁度、今から一ヵ月ばかり前、彼が社員食堂で飯を食いながら、退職金と定年の話をしていた時のことなのである。

児玉はそこで、何人かの社員に、五十五歳の定年の時に受けとれる金額を計算してやった。退職金にかかる税金の勘定までさせられて、みんなはこもごもに笑ったり悲観したりしていたが、午後一時になって連中が食堂をでて行ってしまうと、彼はどういうわけか、宮口部長に呼びとめられた。どこで様子をみていたのか、自分の退職金の計算もしてくれないか、というのである。

そこで児玉はしかたなく、がらんとした食堂の片隅に残って、部長のために計算をやった。ウェイトレスが不思議そうに、平社員の食堂に闖入《ちんにゅう》した部長をみていた。七井生命では民主的というのかメニューは同じなのだが、部長以上には別に小さな食堂が用意されているのである。退職金の計算がすむと部長は、《他《ほか》に何かもらえるものはないのかね》というので児玉は、《定年退職といっても本人が死んだ場合、殉職の場合はもっと違って来ます》と言わざるを得なくなった。

すると部長はかなりの興味を示し、ひとつ私が定年の年に死んだ場合を想定してやってくれないか、と言った。

児玉はとにかく言われた通りにやった。その結果健康保険の葬祭料まで加えると、定年の年に在職しているまま死亡すれば、生きて退職する時の約倍になった。それは例の団体定期と呼ばれる死亡時の保険負担をする生命保険が加わるからで、部長の場合、これが退職金の六百万よりもやや少ないが、五百万はかかっていたからである。これはいわゆるかけ捨ての保険で、一定の時期までに死ななければそのかけ金を損することになる。その代わりかけ金はきわめて安く、会社が払ってくれている。そしてその時期というのは定年の五十五歳を保険の満期とするように合わせてある。

つまりこの保険は在職中に死ななければもらえない。児玉の計算によると、部長ともなればその他に弔慰金、見舞金といったものも五十万は下らないということだった。

部長は殉職というのはどの程度まで認められるのだろうか、という意味のこともきいたが、児玉はその点については詳しい知識をもち合わせなかった。何しろあまり前例がないからである。

児玉は《つまり会社の机の前で、判コを握ったまま心臓マヒで倒れたような場合には、当然、殉職になりますが》と答えはしたものの、同じ会社の便所で死んだ場合は果して認めてくれるものかどうかわからなかった。

つまり、殉職と認められるには、何としても勇猛果敢な最期をとげねばならないような感じであった。

児玉がもたもたしていると部長は、《まあ、いいよ、殉職などさせられちゃかなわん》と笑い、礼を言って立ちかけそうにしたが、《最後にも一つきくけど》と坐りなおして、自分が今、死んだと仮定したら、五十五歳の定年最後の年に死ぬのと、どれほどの差があるだろうか、と尋ねた。

《これはおそらく同じでしょう》と児玉は答えた。《どの会社だって人情というものがありますし、一年、二年の差で厳密に計算するということもありますまい》

《まあ、そういわれているけどね》と部長は笑い、帰りに、《どうもありがとう。自分に正札をはってみたのは初めてだけれど面白いものだよ》というので、児玉も幾分同感した。しかしすぐに児玉は憂鬱になった。自分も部長と同じ五十三歳だった。しかし自分が死んだところでいったいいくらもらえるというのだ。

　それに部長なら、落ち行く先があって、いずれはどこかの会社に横すべりできるだろうが、自分ではそういうことも考えられない。

　それを思うと児玉は思わず情なくなり、せっかく生命保険会社に勤めているのだから、例のまちがいない道をやって一もうけしようかとまで思った。例のまちがいなくもうかる道というのは、個人の生命保険額の最高限度は三千万円で、保険料をかけ始めて二年後なら、たとえ自殺でも、会社はその全額を払ってくれなければならない。

　税務署がそのうちからいくらかっぱらって行くかは知らないが、児玉でも生命とひきかえになら、ともかく三千万という金を家族に残すこともできるのである。

　しかしこれにもまだ実行不可能な点があった。自殺する勇気はあるとしても、死後三千万受けとるためには最低で二百四十万の保険料がいるのである。児玉は二年間に二百四十万を工面するアテが全くなかったから、この計画は明らかに放棄せざるを得なかった。

　宮口部長の死をきいた時、児玉はやったなという気がした。その次の瞬間には、何となく自分に責任があるような、しかしよく考えてみれば別に何の責任もないような、変な気分になった。只、いずれにしてもあんな話をしたために後味のわるい、いやな思いになったのは本当だった。彼は勿論《もちろん》、部長に退職金の計算をしてやったことなど、誰にも言わなかったが、同時に又、誰かにきいてもらわなければいられないような気持にもなった。それで彼は、日頃よく顔を合わせている二瓶に、それをうちあけたのであった。

「君がいささかでも、自殺かもしれないという暗示を与えたわけじゃないの？」話をきき終ると海老名は言った。

「とんでもないよ。僕は只、ひそかに役員会の決定で部長がひどくショックを受けたらしい、という噂《うわさ》をきいていただけだけど、会計課はそういうこととは無関係だからね」

　二瓶はちょっと言葉を切ると、

「しかし、今日葬式に行ってみて、僕はいっそうその感を深めて来たんだ」

「どうして」

「児玉のおやじさんが計算した以外に香奠というものがある」

海老名は、ユニヴァーサル工業がもって来た十万円の香奠の束を思い出した。

「香奠、集まったか」海老名は尋ねた。

「税務署にはとうていみせられんな。僕は興味があるから進んで受付をやったんだ」

海老名は目で二瓶の話を促した。

「十万円口が百二十いくつあった。ほかに五万円口、一万円口が合わせて二百万くらいはあったろうな。何しろうちじゃ目下、資本金五千万以下の会社《ところ》は相手にしてないからな。貸付額も最低、一千万円からだ。一千万程度なら部長ひとりの裁決で融資できる。香奠も集まるわけだろう」

「――――」

「僕はうちの課の仕事だからよく知っているけどさ、内容の悪い会社ほどたくさんもってくるわ。それと千円札で十万円というのが案外多いことだな。やっぱり持ってくる奴にしてみれば、ずしりと重い手ざわりのある方が、顔がいいだろうしな」

「うん」

「今まで、こういうことを考えてみたこともなかったけど、部長の場合、大口ほど香奠返しも何もいらんわけだ。それと斎場の費用もいっさいが会社もちだろう。僕は今度初めて知ったけど、木星号で死んだ三鬼氏の時は、香奠は三億集まったという噂があるそうだ」

「いい時に売ったな」

海老名は思わず言った。

「男一匹、実にいい値に売った」

6

出世しなければ損だ、と海老名はつくづく思った。

香奠が千五百万円として、それに退職金が六百万、生命保険が五百万、弔慰金や健保の葬祭料は六〜七十万としても、その他に、会社の有志がお見舞金を集めた。海老名は五百円しか出さなかったが、それでもまわりまわって会計課まで来た時、すでに百万をこえていた、という児玉の話を二瓶が教えてくれた。二千七〜八百万の金が、ころがりこんで来たのだ。

児玉の話ではないが、たとえ死ななくとも、財務部長クラスになれば、定年後、金を貸していたどこかの会社に骨を拾ってもらえる。勿論、新らしい会社では、外様《とざま》だし、お目つけ役的存在だから、多少嫌われるけれど、会社の規模によって専務取締役の肩書をもらえることもある。実際の手取収入は多少減るかもしれないが、年頃になった娘や息子の縁談には肩書が口をきくこともあるだろう。

　いずれにせよ出世しなければダメだ。

　しかし海老名は、宮口部長の自殺説はあまり信じていなかった。二瓶と児玉が、全く別の理由から、それぞれ自殺ではないかと疑ったということを、二瓶はかなり重大に感じているらしいけれど、どう考えても、それを裏づけるだけの資料はない。

　家に帰ってみると、両親はでかけていた。姉のところで、カゼをもらって来て子供も姉も二人が枕を並べてねているので、手伝いに行ったのだという。今日は東京に泊って、帰らないつもりだといいおいてでかけたらしい。

　海老名は風呂に入り、久しぶりに妻とさし向いで食事を始めた。

「あのね、今日、お隣の奥さんからきいたんですけど、宮口夫人には若い愛人があるらしいのね」

「へえ、どうしてわかった？」

　隣の奥さんの妹とかいう人が秋谷に嫁に行っているのだけれど、宮口さんの奥さんが、二十か二十一くらいの青年をつれて、その辺を散歩したり、二人でボートにのったりしている。近所の人たちは初めは奥さんの甥御《おいご》さんではないか、というぐらいに考えていたのだが、何となく人目をさけているらしい風情でもあり、第一、宮口氏とその青年とが一緒にいるところは見たことがない。

「まさかね、宮口夫人はもう三十六だか、七だか、とにかく四十近い人だからね」

「でもねえ、お隣の奥さんが、宮口さんおしあわせですねえ、って言っているの。あんな立派なお邸やら、お金をのこしてもらって、まだ三十六、七の女ざかりでおひとりになれたんですものって……私、挨拶のしように困っちゃった」

「それはそうかも知れないなあ。まあ、僕もせいぜいそうするように心がけましょう」

「いやだわ、冗談にもそんなことといわないで」

夕食のおかずは、鯵《あじ》のたたき、ハムサラダ、うどの味噌汁などである。おでん屋で軽く腹ごしらえをしたにはしたのだが、外食のまま床につくと、眠りに入る頃になって、急に、腹がすいて来る。その時、勝手口の方で、

「ごめんなさい」という男の声がした。

「おい、誰か来たようだ。でてごらん」

海老名は妻を立たせたが、間もなく彼女が、

「福田さん、大工さんの……」というのが聞えた。

「ああ、福田さんかい。夜おそく、また……」

「いや、大奥さんに今年はへちまの棚をつけてくれっていわれていたのが、だんだんおそ

くなってるもんでね」

「今日、東京へいってていないんだ。よかったら上りなさいよ。いっぱいぐっとひっかけて行きゃいいじゃないの」

「そうですね、それじゃ折角だから」

何も言わなくても、治子は福田に出す酒をとりに台所へ立った。二級酒をコップにいっぱい冷やで出してやれば、福田は上機嫌なのであった。

「飯をやってる最中なんでね」

「どうぞ、おかまいなく」

「その辺にかけなさいよ」

海老名に言われて、福田は遠慮がちに、食堂の予備椅子に腰を下ろした。

「水江ちゃん、大変だったろうね」海老名はねぎらった。

「いやまあ、あの甘ったれが、どうなるかと思ったけど、旦那さんが亡くなったときいた時から、やっぱり緊張したらしくてね。二日ばかり、ほとんどねないで働いて、奥さんにとても喜ばれたってね。まあ、案じたほどのことはないもんだねえ」

福田は海老名の妻の運んで来たコップ酒を受けると、軽くおし頂いてから、いかにも気持よさそうに一口のんだ。

「実はね、若旦那さん、水江の奴がよくしてもらってるお宅のことを何とか言うわけじゃないけど、あの奥さんは、旦那さんを嫌ってたってね」

「そういう話もあるね」

「何しろ奥さんに現金をもたせないんだってね。ないことはないんだろうけど、金は金庫の中に入れてその鍵を肌身はなさず旦那がもっているって、うちの水江の奴は驚いてましたよ。だけど、てっていしたケチンボかっていうとそうじゃなくて、奥さんの着物や毛皮を買いに行ったり、骨董《こっとう》屋が来たり、かなり派手に暮してなさるようだけど、何で又、奥さんに金を預けないんだろうねえ」

「全くだね。僕なんか面倒くさくてとても、そんなことはできやしないけどなあ」

「だから奥さんは、古新聞や、空罐《あきかん》なんかを売った金を喜んで大切にしてなすったってね。いじらしいみたいだね」

「へえ」

「だけど、さすがに、最近はそれだけじゃ動きがつかなくなったらしくて、ダイヤの指輪を、何でも十万円くらいのものだったっていうけど、海岸で落したことにして、東京のデパートの貴金属買入部でこっそり、五万だか七万だかで売って来なすったんだってね。水江に、旦那さまには黙っててね、なんていいながら話されたところみると、嬉しくてたまらなかったんだろうねえ」

「ふうん、そうかね」

海老名はいってからさりげなく、

「これは噂だけどね、奥さんは、宮口氏にかくして会っていた若い青年がいるっていう話だけど、水江ちゃんは何とも言ってなかった？」

「そうそう、その人のことは水江も言ってたな」

「誰なんだろう」

「望月さんといってね、神田大学の三年生になる学生だそうだけど、その人とつきあっていることがわかると、旦那が大変御機嫌が悪いから、ぜったいに言ってはいけない、と言われていたんですとさ」

「何なんだろうねえ。まさかあの奥さんの子じゃあるまい」

「水江の奴も、最近ちょっとそうかと思ったけど、全然似ても似つかないし、それに二人の態度をみてると、母子《おやこ》という感じじゃないそうだね」

「それに年もちょっと無理だね」

「とにかく水江が、今でも不思議だと思うのは、奥さんはあの朝、自分ひとりでていねいに車を洗ってね。旦那さんを送り出すとすぐ、特急で電話を申しこんで、その望月という人を呼び出したんだそうですよ。水江の奴が電話をきいてたら『今日はごたつきそうだから来てくれるな』って言ったんだってね」

「ほう」

「虫が知らせたにしちゃ、何だか大当りみたいで気持が悪いらしいよ」

「そりゃ、そうだな」

海老名は言ってから思いついた。

「宮口氏の車が、江の島へ行く筈だったのに、ぶつかった時は、家へ帰る途中みたいな方角だったことについては水江ちゃんは何て言ってた？」

「そうそう、それもあの旦那さんらしいやり方だってね。今日は夜おそくなるってわざわざ電話をかけて来たかと思うと、三十分もすると帰ってみえることがあるんだって。あきらかに、わざとそういう電話をかけさせておいて自分は、その間にもう電車にのってこっちへ向っている、というわけなんだね」

「そういう旦那を相手にかくしごとをするのは、神経がいたむだろうな」

「だからあの日も、江の島だかどこかのゴルフへ行くって言っておいて、すぐ逗子あたりからひっかえしてきなすったんでしょうね」

「さもなきゃ、忘れものか、或《ある》いはブレーキの故障に気がついて……」

「例によって、急に帰って驚かしてやろう、という腹だったかもしれないね。ブレーキの方は、奥さんが、その前の日にのりなすった時は全く何でもなかったそうだから」

「運だね」

「そらあ、そうだ。人生ははかないもんだねえ」

福田はそう言ってから、

「面白い話がありますよ。旦那がぶつかったっていう電話があった時ね、それを受けたのは水江だけど、二階にいた奥さんに伝えに行ったんだってね。そしたら、奥さんは、ぶったおれも、驚きもしないで、代わりにじっと、鏡の中の自分の顔をみてなすったってね。こらあ、どういうもんだろうね。私にゃ、女の人の気持ってのは全くわからないけどね」

「そうだね、僕もわからんなあ」

「いや、どうも、御馳走さんでした」

福田はコップ酒の最後の一口を飲み干して立ち上った。

「お食事中、おじゃましました。大奥さんが帰られたら、二、三日中には必ず棚をつりに来ますから、とお伝え下さい」

やがて福田を見送って裏口を閉めながら、治子が言うのが聞えた。

「なんだか、いやな日。雨が降ってて外はすごく生あったかいの」

7

福田は面白い話がある、といって、宮口夫人が初めて夫の事故をきいた時に、鏡の中の自分の顔をじっと見つめた話をして行った。

福田がその話をどう面白いと思ったのかはわからない。考えれば、単に女のナルシシズムがそんな瞬間にも現われるということなのか、それともその時すでに、夫人は、新らしい自由な人生がひらけかけたことを感じてその思いに酔っていたとでもいうのか。しかし海老名がその週のうちに会社できいた他の面白い話はもっとちがうことであった。

ひとつは、ついー月ほど前宮口部長のところへ、銀座のさる貴金属屋から、十万円のダイヤの指輪の請求書が来たことがある、という話である。

宮口部長はそんな指輪のことはきいたこともなかったらしく、早速秋谷の家に電話をかけさせた。

部長はしかもかなり機嫌をそこねており、詰問口調だったという。

「ふだん使いにしたかった？　バカな、いくらふだん使いといったって、十万円ばかりのダイヤを買うなんて金を捨てるようなものだ」

と彼は言っていたという。彼は電話を切ると、そばにいた課長の一人に、「女房がダイヤの指輪を買って、その金を払いもせんうちに砂浜でなくしたそうだ」と言った。課長が「なんで又、砂浜に落されたんでしょう」とおざなりにきくと、「指がかゆくなったので、ぬいて帯の間にはさんでいるうちにどこかへ落してみえなくなった、と言うんだ」とのことだった。「なるほど砂浜にダイヤを落すと見つけにくいでしょうな」と課長は言ったが、部長はすでに態度をとりつくろって、「ダイヤは君、七、八十万以下のものじゃだめなのに、女房というのはつまらんところでけちるからね」とおおようにい、「しかしなくしても、金は払わねばなるまい」といって小切手を書いて宝石屋に渡した。それが、例の紛失したといって夫人が売って来てしまった指輪に違いない、と海老名は思ったが、そのいきさつを知らない連中は、宮口夫人が指輪をなくした、といいそびれていることが、部長の性格と考えあわせてあわれに感じられたらしい。会社では一応穏かな顔をしているが、部長は家へ帰ったらどんなにひどく小言を言うだろうか、と誰もが思ったのだという。

部長は何しろ仕事の関係でもらう、電機製品やビールなどをそれぞれ町の小売店と特約して何割引きかでひきとらせて現金化している、という風評さえあるのである。それだけ小まめな男が、十万円をムダにしてしまったと思うことは何とも耐えられなかったろう。

ダイヤの指輪事件は海老名にとってはまことに意味深長な結論を与えてくれた。つまり、夫人は最初からなくしたというつもりで、換金しやすく、しかも夫からみれば損害のたかも、まあ目をつぶれる程度のダイヤを選んだのだ。

もう一つの面白いニュースというのは、二瓶が、又ききつけて来たことであった。

「おい海老名、ちょっと話したいことがあるんだ」

社員食堂の窓口に、セルフ・サービス用のアルミのお盆を一枚ずつもって、酢豚ライスのランチをもらいに海老名が並んでいると、列の五、六人後から、二瓶がそう言って声をかけたのである。窓際の席はとっくにいっぱいなので、海老名は、わざと入口に近いテーブルに腰を下ろして、二瓶の分までお茶をついで待っていた。

「ダイヤの指輪の話はきいたよ」と海老名は言った。

「そうか、僕のはその話じゃないんだ」

「まだあるのか」

「自殺というのはまちがいではないかという気がして来た」

二瓶は突然小声で言い、それからつけ足した。

「その逆じゃないかと思う」

「逆というと、奥さんの方がやったのではないか、という？」

海老名は飯を食いやめ、思いなおして二口三口食べてから言いそえた。

「どちらかというなら、可能性としては、僕もその方がありそうなことだと思うな」

「どうして？」

「土地の噂だからね、実にアテにはならないけど、道具だてはかなり揃《そろ》っているんだ」

海老名は、大工の福田父娘《おやこ》からきいた話をかいつまんで話した。

「亭主がケチで、疑い深くて、かくれてつきあっている青年がいて、しかもその日に限って、夫人は一人で車庫で車を洗い、亭主がでかけるや否や、その相手に、今日はごたごたしそうだから来るな、という電話をいれている。しかも、亭主が重傷だときいた瞬間、鏡をみて、病院へつくなり、今日は土曜日だからという口実で、五十万円の金を下ろさせている。落ちつき払っている、というか、実に着実な用意周到さだね」

「そこへもってきて、死にごろだからな、部長の方は」

二瓶はそう言ってから、

「部長は児玉のじいさんに計算してもらったことを、自分が死んだらこれぐらいは入る、というような形で女房に言ったかも知れんからな」

「しかも、何年か前に部長は養父の遺産を継承している」

「そう、そう、それもあるな」

「しかし、君の話は何なの？」海老名は尋ねた。

「安部といううちの課の課長補佐を知ってる？」

「ああ」

「あいつ我々の先輩なんだけどね。それが去年宮口部長の仲人で結婚してるんだ」

「へえ、そう」

「その安部氏が悩んでいるんだけどね。暮に急に宮口夫人が現われたんだそうだ。安部氏の自宅に……」

「それで？」

「なんとかいう有名な作家の青磁の香炉をもって来て、これをかたにして、半年間五万円、主人に内緒のお金を拝借したい、って言うんだそうだ」

「ほう」

「安部さんは、他ならぬ仲人のことだし、ボーナスは出た直後だしさ、かさないとは言えなくて、香炉も何もとらずにかしてしまったんだけど、奥さんのオーバーを買う約束だったのがそれでおじゃんだってさ。今度こういうことになって、返してもらいに行ってもいいもんだろうか。それとも、五万円は香奠《こうでん》と思って諦めるべきだろうか、ひどく悩んでるんだ」

「そりゃ返してもらったらいいさ、臨時収入だけで二千七百万もあったんだから」

「僕もそう言ったんだ」二瓶はそう言ってから、

「しかし、本当に道具が揃いすぎだな。夫人は、その青年にみついでいたのかどうか知らないけど、とにかく金も欲しがっていた。それなのに亭主は十円の金も自由にさせない」

「そういえば先刻《さっき》、人事課の奴が又おもしろいことを言ってた」

「何て」

「こんなにダウが下ってる時に死ぬと、いいだろうというんだ」

「どうして」

「遺産に株がある時は、当人が死んだ日の株価で相続の計算をするそうだからな。部長がもし値動きの大きいものにまとめて投資していて、高値が一時、九百円もしていたようなものが、今、かりに二百円台に下っているとすればだ。今部長が死んだということは夫人にとってはかなり有利だろう」

「考えすぎだな。それは考えすぎだ」

「全くだ。そこまで考えてやったとしたら、本当の天才だ」二人は思わず笑った。

「それに、自動車に細工をすることだけど、そうそううまく行くかな」

「しかし前の日まで夫人がのっていて何ともなかったというのはおかしいな」二人は又黙

って飯を食い続けた。

「しかし、たとえ、そうだとしても、毒をのませた訳ではないし、証拠らしいものはあり得ないな」

海老名は言った。

「ぶつかった車はあるだろう。行幸前で、すぐとり片づけたということはあるだろうけど、ポンコツになっていても、人為的にブレーキがきかないようにしたかどうかはわかるんじゃないかな」

「そうだな、調べてみるか」

海老名は答えたが、そんなことが果して自分にできるかどうかは疑わしかったので、つい気のない調子になった。

「社内でおかしい、と言っている奴もいるからね」

二瓶は言った。

「どういうふうに」

「いや、何となくさ。雰囲気《ふんいき》がすっきりしないんだな。もっとも、交通事故そのものが、すっきりしない死に方ではあるし、二千七百万円に対するヤキモチもあるかもしれないけどね」

早く飯を食い終った連中が、食堂の外の屋上で、早くもバレーボールや、バドミントンに興じている姿がみえた。

8

「今日、宮口夫人に会ったけど、なんだかとても生き生きとしてたわ」

金曜日に家へ帰ると海老名の妻は言った。

「八百屋のおかみさんが言ってたけど、買物なんかも、いそいそと、自分でお財布をもってみえるんですって。もっとも、そうなったら、却《かえ》って買物が厳密になったって、八百屋のおかみさん笑ってたけど」

「そりゃあ、そうだろう」

「それから、今日、神奈川銀行へ行ったら、偶然、水江ちゃんに会ったのよ。そうしたら、丁度同じ時に窓口に呼び出されて、私はたった二千円しかおろさないのにね。向うは五十万よ。私、思わず『水江ちゃん、気をつけて帰りなさい』って言っちゃったら、『大丈夫です。こないだっから、もう何回もこれくらいのお金、下ろしてます』って言ってたわ。あの子めっきり大人になったけど。いったい何にそんなにいるのかしら」

妻の疑問はそのまま、誰もがもつ当然の疑惑である。

翌日の土曜日の午後、海老名は家へ帰ると、自転車にのって、事故のあったあたりへ行ってみた。日一日と暖かさを加えている湘南の春であった。高さが一米《メートル》余もある竜舌《りゅうぜつ》蘭《らん》の大きな株にも、鮮かな陽ざしがねばっこくさしこんでいる。

海老名は現場に立って暫《しば》く考えた末、そこから御用邸に向って、五十米ばかり離れたところにある河村という自動車の修理工場へ自転車を走らせた。「自動車修理一般」と書いてあるからには一応、どんな故障もなおすのだろうが、安心して任せられるのは、パンクなおしや、バッテリーの充電ぐらいではないかと思われる素朴な店がまえである。

只、幸いなことに、当主の河村良男と海老名とは同じ小学校の友達であった。海老名は河村から、塀《へい》に落書きをすることや、トコブシを岩からはがす方法をおそわった。役に立つこともあり、ろくでもないこともあったが、とにかく、海老名の幼い日の野蛮で生き生きとした記憶の中には、いつも河村が一枚加わっていた。海老名は時々、作業服を着た河村が、古い車に乗っていたり、逗子の町の植木市を和服にふところ手して覗《のぞ》きこんでいたりするのを、何カ月かに一度見ることがあった。

「おう、しばらくぶりじゃないか」

店先に入って来た海老名の姿を見て、河村は言った。

「うん、景気はよさそうだな。車はふえるばかりで」

「車はふえても、小僧がおらんからな。まあ入れや」

海老名は油でくろく汚れた作業場にちらかった道具の間を縫って、奥の部屋に通された。

「全く、こう人手がなくちゃかなわねえや。俺も頭が悪いんじゃ、ヒケをとらない方だけど、うちらあたりで働こうなんてやつらは、猿並だからな」

河村は店の若い者にきかれたら困るのではないかと思うようなことを言った。

「今日は、実はききたいことがあって来たんだ」

「何だい、車を買うのか。中古のなら、ちょっといいでものがあるぜ」

「そうじゃないんだ。こないだ、すぐそこであった自動車事故のことだ」

「ああ、宮口さんの車のことか」

「知ってるか？　よく」

「知っているって、ヒューズが切れたとか、ヘッドライトのたまが切れたとか言って、何回かうちへ来たことはあるよ。俺はドカンときた時には便所に入っていたんだけど、五分後にはすぐ現場にかけつけてみたからな」

「実はあの人は、僕の会社の財務部長なんだ」

「へえ」

「それで僕もいささか気にしてるわけなんだけどね。何であんなことになったんだろう」

「まあ、ハンドルかブレーキの故障かだけど、ブレーキの可能性の方が多いだろうね。俺はあの車をよくいじったことがないから保証はできないがね」

「前の日まで、奥さんがのってて何でもなかったっていうんだけどね」

「前の日まで何でもなくったって、ブレーキホースに傷があれば、秋谷からここまで来る間に、何度かブレーキを踏んでいるうちに、油がぬけて、きかなくなるということはあるぜ」

「君がかけつけてみた時はどうだった？」

「商売だから、やっぱり一応外側からは注意してみたがね。何しろひどいつぶれ方だから、当然ブレーキホースもぶっ切れてたよ」

「その時、切れたものか、前から切ってあったものかはわからないかね」

「そうだな、それはちょっと……」

言いかけてから、河村は急に気がついたように身をおこした。

「切ってあったって、お前、おだやかでないことを言うぜ」

「いや、これはほんのおくそくなんだし、ここだけの話にしておいてほしいけど、宮口夫妻というのはあまり夫婦の間がしっくり行っていなかった節があるんだ」

「だから、奥さんの方が、ブレーキホースを切っておいた、というのか」

「女には切れないか？」

「切れないことはない。しかし……」

「ダメかね、そういうやり方は」

「俺だったら、ホースを切ったりしないで、中の油を抜いておくね」

「とするとあの場合も、そうだったということもあり得るわけだな。たまたまホースは、事故の瞬間に切れただけで」

「しかしだな。俺のやり方は人を殺すにはむずかしい点があるんだ」

「どうして」

「抜きすぎたら、もう家の門をでる時に、ブレーキがきかないことがわかっちまう。抜かなすぎると、甘いまんまでもとにかくきいて、結局、事故はおきない。それに、スポイトみたいな適当な道具がないと、油を抜くのが又ちょっと大変だろうしな」

事件の朝、夫人が早くおきて、ひとりで車の掃除をした、ということが、海老名の心に思い出された。

「しかしやれないことはないな」

「やれないことはないね。しかしもしそうだったとしたら、ひどくうまく行ったもんだな」

「つぶれた車は今どこにある？」

「もうとっくにそういう業者がもってっちまったさ。何しろ行幸前だしな。第一、今からみたっておそらくわかんないぜ」

「いや、どうも変なことをきいてすまなかった」

「そんなことはかまわないけどさ、サラリーマンてのも当節はそんなことまで考えなきゃいけなくなったんかよ」

何しろ二千七百万がかかっているからな、と言おうとして、海老名は黙った。

9

日曜日の午後、海老名家の電話が鳴った。この辺の電話は、まだハンドルをぐるぐる廻す非常に旧式なものである。

交換手が『秋谷からです』と言った。海老名は軽い興奮のうちに相手の出るのを待ち受け、やがて、宮口夫人の声を電話の向うにきいた。

「宮口でございます。先日来いろいろとお世話さまになりました」

「いいえ、何もゆきとどきませんで」

海老名は或る後ろめたさを覚えながら言った。

「初七日もすませまして、やっと少しばかり落ちつきましたの。今日もつい先刻まで何人かお客がありましてごたごたしてましたけど、それもお帰りになったし、もしよろしかったら、夕飯に奥さまとでも御一緒に来て頂けたらと思いまして……」

「実は私の方にも夕食を一緒にしようといっている友達が来ているんですが……」

海老名はとっさに嘘をついた。

「それではごむりですわね。じゃ明日は？」

どうしても一度は呼びつけるつもりらしい。とすれば今日の方がいいではないか。

「では、勝手ですが、友人が七時頃にはこちらを出ると言ってるものですから、それを送った後で伺わせて頂いてはいけませんでしょうか」

「結構ですわ。お食事でも、と思っておりましたけど、それは又、別の機会にして……」

「では七時から七時半の間に私だけ伺います」

海老名はそれから夕方まで、ずっと宮口夫人の真意をおし計りながら不安な時間を過した。

六時半になると彼はヒゲをそり、身仕度を整えた。何もびくびくすることはない、と彼は自分に言いきかせた。部長の死にさっぱりしないものがあり、そしてその犯人が夫人ではないかという風評が立っているということは、すなわち夫人にも責任があるのだ。自分が、部長の死について、真実を知ろうとしているのは、――そんな言葉を使うのはいささか気恥かしいが――正義のため、というのに近い。

家を出るとおぼろ月夜だった。バスの停留所で十分ばかり待った。宮口家の門を入る時、じんちょうげの香りがした。風のないけだるいような晩であった。

水江ではない、見知らぬ中年の女の人に応接間に通されると、間もなく、夫人が入って来た。

「ようこそ」

夫人は微笑した。夫人は髪をひっつめるように上に結いあげ、黒いスラックスに深い緑色の毛足の長いスェーターを着ていた。

「おじゃまいたします」

「おかけになって」夫人は言いかけてから、

「あ、そうそう、二階へちょっといらっしゃって下さる？」

と海老名に言った。彼が頷《うなず》くと、夫人は先に立って二階への階段を上りかけながら、

「賢治さん！」と呼んだ。

「はい」

と遠くで返事が聞え、部長の寝室だった部屋まで二人が来た時、二階の廊下からスェーター姿の若い青年が現われた。

「賢治さん、こちらに、あの本をお見せして……」

夫人は海老名に青年を紹介しなかった。しかし青年は言われた通り室内に入り、すでにひもで結んであった何十冊かの本を、海老名が見やすいように背表紙の方をこちらに向けて並びかえた。

「あなたに、もしよろしければ、宮口の本を形身におもち頂こうと思ったんですの」

そんなことだったのか、と海老名は思った。本をくれて、そしてそれを懐柔政策にしようとでもいうのだろうか。

「生命保険の本ばかりはうちにあっても仕方がありませんもの。そっくり会社の図書室において頂こうと思うんです。でも、もし中にあなたのお望みのものがあったら、おとりになって」

「しかし会社に寄附なさるんでしたら、僕はそちらで読みますから」

「いいえ、いいの。手許《てもと》にあった方が、楽に読めるもんですわ」

海老名はじっと、本の題名を見つめた。その間中彼は後に宮口夫人の視線を意識していた。

「ギボンズの『生命保険の本質と応用』だけ頂ければ、と思います。買いたいと思ってましたが、なかなか原書で高いものですから」

「どれなの？」

「これです」海老名は指さした。

「じゃ、賢治さん、これだけぬきとって、お包みしておいて頂戴」夫人はそう言うと、

「じゃ、まいりましょうか」と海老名をうながした。

しかし今度は夫人は元の客間に戻らなかった。

「おだやかな夜ですわね」夫人は言った。

「はあ」

「久しぶりでボートを漕《こ》いでみたくなりましたけど、一緒にいらっしゃらない？」

「お伴《とも》します」

食堂のドアの外に、このへんの人たちが好んではくやわらかいゴム草履《ぞうり》が二足あった。

「それをおはきになって」

夫人は静かに芝生を踏んで歩いた。二人はゆっくりと広い舞台のような庭を横ぎり、それからその裾を波に洗われている石の階段を下りて行った。

途中から突堤が長く、暗い海につき出していて、その根元にボートが一隻つないであった。

「さっき、あの賢治さんが乗ったそうですから、すぐ出せるようになっている筈だわ」

夫人がのりこむ時、海老名は手をかした。

「僕が漕ぎましょう」

「お上手？」

「葉山育ちですから、一応何でも」

ひたひたと小さな波を横切って、海老名はボートを漕ぎ出した。その時、庭の端にある水銀燈にあかく灯がともりつき、それは次第にあかるさと青白さをまして、小さな燈台の役を果し始めた。

「海老名さん、今日、お呼びたてしましたのは、本をさしあげるためじゃないの」

夫人に言われて、海老名は漕ぐ手をやめた。

「私、何もかも知ってますの。会社で、一部の方たちが、私を何とおっしゃってるか、それから、あなたが、宮口の事故について何をお調べになろうとしているかも」

海老名は黙っていた。

「狭い土地ですからね、いやおうなく耳に入りますわ。ですけど、私は少しも気を悪くなんかしていないの。宮口は仕事こそしましたでしょうけど、誰からも好かれてはいないということを、私は知ってるんです。私も宮口が嫌いでしたし。ですから、宮口が死んでも、ポストがあいたと言ってお喜びになる方こそあれ、宮口の死に疑念をもって下さって、あれは女房が殺したのではないかと考えて下さるような御親切な方があろうとは全く思わなかったんですの。ですから、その意味で、私は宮口を少し見なおしましたし、あなたに感謝もいたしました」

　夫人は微笑したが、海老名はまだ黙っていた。

「さっき、二階にいた青年ですけど、望月賢治というんです。日本浪曼《ろうまん》派の詩人で望月保という人がいたんですけど、その人の息子なんです。海老名さんなんか御存知ない時代の詩人ですわ」

「名前だけはきいたことがあります」

「こんなこと、お話ししても下らないことなんですけど、私は望月保が好きだったの。今までにたった一回、ああいう思いをしました」

　海老名は背広の内ポケットからタバコを出した。夫人に素ぶりですすめると、彼女は首をふり、その代わりにマッチをつけようとする海老名に手をそえて、微風を遮《さえぎ》ってくれた。

「部長と結婚されてからですか？」

「いいえ、その前」

海老名はちょっと考えてから言った。

「それなら、なぜ望月氏と結婚なさらなかったんですか」

「望月さんにはすでに奥さんも子供もあったからなんです。賢治は今二十でしょう。私が望月さんに対する気持に悩んだ時、賢治はもう三つか四つになってました」

ボートが横波を受けるようになったので、海老名はオールを動かしてゆるやかにへさきをたてなおした。

「私が悩んでいるところに、宮口の求婚があって、私は望月さんを忘れるためにも、宮口と結婚するほうがいいと思ったんです。私が離れて行けば望月さんは、家庭をこわさなくてもすむし、小さな不幸が往々にして詩人にいい仕事をさせますものね。それが望月さんに対する本当の愛情かも知れないと思ったの。それに一生に一度、あれほど烈しく人を好きになれば、夫が少しくらい嫌いだろうが、そんなことは問題でもない。もう充分、女として生きた甲斐《かい》があると思いましたわ。昔はそんなふうに考えたものなのよ」

「今でも案外、そんな考えをもっている娘もいると思います」

「そうでしょうか」

「それであの青年の上に亡くなられた望月氏の俤《おもかげ》を見出《みいだ》されたという訳ですか?」

「望月は生きているんです。死にかかってはいますけど、まだ今は生きているんです」

「どういうことなんですか？」

海老名は、水銀燈の目標を見失わない程度に、少しずつ波にさからってボートの位置を修正しつづけながら夫人の話に耳を傾けた。

四月ほど前夫人は東京駅のホームで、みじめな身なりの中年の男を見かけた。相手があまり、じろじろとこちらを見ているので、夫人も気になって見つめ返すと、男は近よって来て『茅さんではありませんか』と言った。その深い響きのある声をきいて、夫人は初めてそれが望月保であることを知った。望月が生きている、ということすらその瞬間まで夫人には確信がなかった。

望月は、夫人が宮口と結婚して以来、ほとんど筆を折ったようになりをひそめていた。小さな不幸が詩人にはいい仕事をさせる時もあるだろう、と思った夫人の計算はあてはずれだった。戦争で死んだのではなかろうか、とも思ったし、望月のような男が、この病的な時代をうまく泳げるわけはないとも考える。戦後は戦後で、望月は生活に追われて沈黙しているのかも知れない、と夫人は想像した。しかし世の中がよくなっても望月保の名は一向に現われなかったのである。望月が何をして暮しているのか調べれば調べられないこともなかったろうが、夫人はその方面に知り合いもなかったし又調べようとも思わなかった。望月に対するあれほどの思いも、すでにつかみどころのない懐しさに変質しかかっていた。だから、やせおとろえて、襟《えり》のすり切れた背広を着た望月を目の前に見た時、夫人はそれほどの烈しい当惑をかつて覚えたことはなかった。

　望月は四年前に妻を失っていた。その後まもなく望月は胃癌《いがん》の手術を受けた。――しかし最近又時々胃の具合が思わしくないので、再発したのではないかと思うけれど、それならそれで、もう生きられないのだから、医者にはいかずに一日のばしにしているのだ、と彼は言った。

　そんな話をしている時だけ、夫人は望月の眼の中に、昔の彼らしい澄んだひたむきなものを感じた。

　賢治がすでに大学の二年になっているのだが、親が自分の生活すらやっとなので、彼は自分で苦学して、どうやら勉強を続けている、ときいた時、夫人は初めて、望月の住所をきく気になった。夫人はその日は埃《ほこり》っぽいホームで立話をしただけで別れた。

　その時ほど夫人はつくづく金が欲しい、と思ったことはなかった。うちあければ、だしてくれるという夫ではない。夫人は初めて、母の形身の着物をもって東京へ行き、質屋の門をくぐったが、身分証明をするものがないので金をかしてもらえなかった。逗子や葉山の質屋にはいけない。

そのうちに賢治が来て、父を無理やりに病院につれて行ったところ、果して、再発していることがわかった、と言って来た。賢治は新聞社の走り使いのアルバイトに行っていたが、それも、父の病気では思う通りに勤められなかった。大学を休学することはやむをえないが、それ以上に収入の口をみつけることが先決問題であった。望月はそれまで、時々翻訳の下うけのようなことをしていたが、病気をしてからはもうその気力もないようだった。

間もなく望月父子が借りている下谷のアパートを訪れて、夫人は胸をうたれた。それはろくろく家具もない四畳半一間だった。便所も台所も共同で、北側に窓が一つあるだけである。その窓は、星一つ、緑の木一本みえないような窓だった。このべっとりと汚れた畳の上で、望月が死んで行くのかと思うと夫人はたまらなかった。もはや、望月に対する昔のような感情は全くなくなっている。しかし夫人は、彼に対して或る因縁のようなものを感じてはいた。望月が息子を大学だけは出してやりたい、とのぞんでいるのも叶《かな》えてやりたかった。

なくしたと言って指輪を売ったのも、仲人をした会社の若い人のところへ、図々《ずうずう》しく借金をしに行ったのも、それからである。美術品など持ち出して売ろうにも、知らないところではあやしんで買ってくれない。又、夫に内緒で、と訳を話してひきとってもらう所もない。

屑屋《くずや》が古新聞や空罐《あきかん》代に五百円おいて行ったのも嬉しく、宮口が千円札を一枚、知らずに玄関に落していったのをみて、躍り上るほどだったのもその頃である。海老名は知らなかったが、そのほかにもまだ、夫人の母堂の形身のヒスイの帯留を、かなり質も彫りもよかったのだが、女学校時代の友達に十二万円で買ってもらった。宮口が死んでからは、セキを切ったように自由に金を使ったが、その時の夫人は、さし当り、望月の死ぬまで、それから後も、賢治が大学をでるまでこの苦労を続けるつもりだった。

間もなく望月は、夫人の世話で、国立病院の個室に、不治の病気を自覚した上で入院した。少なくともアパートと違い、その病室には南の陽が当り、看護婦が食べられる間は、食事を運んでくれ、枕許には夫人の贈ったひばりの鳥籠と鉢植の花があった。そこで誰にも気がねせずに死ぬことができるのだ。夫人が間もなくテレビを入れてくれたので、彼は角力《すもう》をみて楽しむようになった。十何年ぶりで、枕の下に入れた大学ノートに詩をかきつけ、死んだら公開する、と看護婦に冗談を言った。

最期の時に、充分に麻薬を使って苦しくなくさえしてくれれば、何も不幸なことはない、と望月は笑った。しあわせだった。こんなしあわせはこの数年味わったことがないと思うほどだと彼は言うのだった。そうして彼はまだ、意外に長い小康を保っていた。夫人はしかしなかなか東京へは見舞に行けなかった。金は賢治にとりに来させた。

「望月が死にかかっているというのに、私が宮口を殺す必要があるとお思いになる？　もう宮口から解放されても、望月も長いことないんですから」

夫人は静かに海老名に尋ねた。

「お話を伺った今は感じとしてはもうそう思いません。しかし理論としてはあり得ます」

夫人は黙っていた。

「そうですわね。私も何回か宮口を殺すことを考えたことがありますもの」

海老名は吸いかけの煙草を海に抛《ほう》った。海は黒くなめらかにボートの底で小さな舌うちをくり返していた。

「あの日、賢治さんという方に電話をかけて、今日はごたごたするから来るなとおっしゃったのは、あなたが御主人ののって行かれる自動車のブレーキに細工をなさったからじゃないんですか」

「そこまで御存じなんですか」

夫人は微《かす》かに苦笑した。

「私は自動車の構造にくわしくありませんけど、そうお思いになるでしょうね。私もどうしてあの日、宮口が途中から必ず引っ返して来るような気がしたのかわからないわ」

夫人は言葉を切った。それから、やや暫くたってから言った。

「海老名さんは、お泳げになるんでしょう」

「はあ」

「私も泳ぎはうまいの」

海老名は急に殺気に近いものを夫人の言葉に感じた。

「泳げない人を殺すなら簡単ですわ」

夫人は言った。

「ボートをひっくり返しさえすればいいんですもの。宮口は全然泳げないんです。何もわざわざ……まわりくどい細工をしなくても……」

宮口部長の四十九日には会社から幹部が何人か秋谷にでかけた。そしてその日の夕刊に、海老名は小さな死亡記事を見つけた。

望月保氏（詩人）五月十日、午前四時三十分、国立東京第五病院で胃癌のため死去。五十歳。日本浪曼派の詩人で詩集に、『青馬』『囚人』『茅《かや》』などがある。

午前四時半。春の曙《あけぼの》である。茅夫人は臨終を看とったのだろうか。「宮口にとっても、定年でしたけれど、私にとってももう定年が来たのと同じです。恥多いこともしましたし、夫殺しの疑いまでかけられました」と夫人がボートの上で言ったのを海老名は厳しく思い出していた。

詩集『茅』を海老名は読んでみたかった。おそらくその中には、あからさまにあの茅夫人らしき人に関係のありそうな詩は一篇《ぺん》もないのではないかと思われた。只、暗い雲の流れる日の、冷い水岸に、さやさやとやせ枯れた葉をすり合わせて生いしげるうみがやの、荒涼とした茅場の光景をうたった詩かも知れないという気はした。それは望月保の一生や、人生の定年にろうばいした宮口部長の灰色の思いにも通じていそうだった。

しかしどんな詩であろうとも、詩集『茅』があの茅夫人とは全く無関係に作られたものではないということを海老名は信じずにはいられないような気持だった。

佳人薄命

1

昭和初年に住宅地として売り出された頃には、一区画百五十坪から五百坪くらいだったこの住宅地に、アパートがにょきにょき建てられるようになったのは、この十年以来のことである。

空襲で、部分的にやけ、終戦後の経済的変動期に、更にその何分の一かが、もち切れなくなって売った。総じて持主の変ったところの方が、壁をぬりなおしたり、車庫を作ったりして景気がよさそうにみえる。

残りの何分の一かは、旧態依然として、たまに古家の根太《ねだ》をなおすくらいで、永年住みついた土地をもちこたえたしぶとい家である。庭の半分に、息子・娘の新家庭のための家をたてさせるのは、極く健全な方であった。もう少し積極的なのは、利殖を考えて、アパートをたてた。このあたりでは法律に決められているとかで、二階建以上はたてることができない。××マンション、○○コーポとかいったようなコンクリートの高層建築のアパートとは違う。

そういった木造アパートの一軒の前に、警察の車が停り、それからしばらくすると、タンカにのせられた死体がおおいをかけて、車に積み込まれる頃になると、ふだんは静かなはずの住宅地の道にもちょっとした人だかりができた。

もっとも半分は夏休み中の子供と、それにそば屋の出前もちのような中供ぐらいの年齢の見物人である。

しかし大人たちも、バラがきや、大谷石《おおやいし》の門や、簡易車庫や、そのほか現場のみえるさまざまな場所に二、三人ずつ陣どって、ひそひそと喋《しゃべ》ってはいた。

「ガスですってね」

「季節はずれですわね。今頃」

「自殺でしょうか」

若妻らしい三人であった。

事件のあったアパートの入口には、朽ちかけのあじさいが咲いている。花の一部はみずみずしく、一部は、茶色く乾きかかっていた。

「どこか大学へ行ってた人じゃないですか」

「関東医大のインターンだったんですって」

「じゃ、自殺じゃありませんわね」

「どうして？　奥さま。お医者さまなら自殺しませんの？」

「だって、ガスで死なくたって、何だって薬が手に入るだろうと思ったからよ」

三人は周囲の空気とは少しばかり不調和な笑い声をたてた。遺骸を運びに来た車は、後ろの観音びらきの戸をしめて出て行くところだった。

「何かお家賃が払えなかったっていう噂《うわさ》もありますわよ」

「あそこのアパート、いくらなのかしら」

「一万円、じゃない？」

「だって六畳一間でしょう？」

「だけどキチンとバス、トイレつきですもの」

この辺では銭湯へ行くのが不便だから、風呂場を作るのは当然のことであった。

「それならまあというところね」

「でも一万円のお家賃の払える学生さんなんてブルジョワだわ」

「それで払えないなら、三畳ぐらいのところへひっこせばいいのに」

女たちはわかり切っていることを言った。

「でも、松下さんとこの奥さま、手術後でまだ悪いっていうのにこのさわぎじゃ大変ね」

「さっき、お母さんって方がみえたようよ」

「何の手術？」

「胃潰瘍《いかいよう》だっていってらっしゃるけど」

「まだそんな年じゃないでしょう？　三十五ぐらいですもの」

「旦那さまのことでいろいろ苦労なさったんじゃないの？」

「もう正式にはお別れになったんでしょう？」

「お別れになったらしいけど、又最近フランスから帰って来てちょくちょく遊びにいらっしてるようよ。私、こないだ朝八時頃、でていらっしゃるところをみたもの」

「朝帰りね」

「奥さんのところからね」

三人は又、ちょっと声を合わせて笑った。

「フランスへ行ってらしたの？　あの旦那さま」

「そう、えかきさんですって」

「でも名前きいたことないわよ」

「そうそう。あなたは、そういう方面にお詳しかったんだわね」

「お詳しいなんてもんじゃないけど」

「旦那さま、とにかくちょっと個性的で風采《ふうさい》のいいかただわ」

「でも、奥さまの方がきれいよ」

「そうね、奥さまはきれいだわ。あんな美人はめずらしいわ」

「美男美女ね」

「うちとは違うわ」

「ごけんそんを」

三人は又笑った。

「とにかく、因業《いんごう》家主じゃないんだし、家賃ぐらい待ってもらえばよかったのに」

「どなたがとりたてていらしたの？　あの奥さま？」

「そうね、最近はあのおばあさんの家政婦さんもやってたようじゃない？」

「あれは因業家主になれそうなタイプよ」

「でも亡くなった学生さん、よく奥さんのところへ遊びに行ってたらしいのよ。だから家賃ぐらいいねえ」

その時、ひとりの品のいい和服の老女が玄関の戸をあけて出て来た。

「あれが、お母さんよ」

ひとりが囁《ささや》くと、三人は、急に間の悪さを覚えたらしく、それをきっかけに別れて、めいめいの家に入ってしまった。

2

加治峯子は、ドアをあけて門の外へでると、あたりにたかっている人々の視線を感じた。彼女は誰にともなく、『観衆』に向って心もち頭をさげ、少しはなれたところに待たせてあった車にのりこんだ。

運転手は無口な男だったので、彼女は家に着くまで、一言も口をきかず、只車窓から吹きこんでくる熱風を感じながら端然と坐っていた。興奮していて汗もでないような感じである。

家へついた時、夫の加治はまだ会社へ行かないで、浴衣がけで日本風の庭に立っていた。庭いじりが好きなのではない。明らかに峯子の帰りを待つために時間つぶしにそうしていたらしいことが、何気ない動作の中にはっきりとわかった。

「どうだった？」

「もう、やはり、数時間前に、死んでいたらしいんです」

「ガスか」

「全開になっていなかったんだそうですけど、青木さんという人は、夏でも雨戸をしめてねる人だったらしいんですね。明るいと眠れないといって」

「私もそうだ」

「宵のうちに、お茶でもわかしている最中に風で火が消えて、ガス栓《せん》がひらいたままになっていたのに、窓があいていたもんだから気がつかなくて、そのまま、雨戸をしめてねた、とみるのが妥当らしいんです」

「うむ」

加治は考えてから、

「自殺じゃないのか？」

「遺書はなさそうですし」

峯子は言いかけてから、

「でも、その点でいろいろきかれましたよ。二、三日前に、青木さんが清香《きよか》のところへ来て、先月の家賃をもう少し待ってくれ、と言ったらしいんです。それをあのみきさんがきいてますからね」

「みきさんてのは誰だい」

「清香のところのお手伝いさんですよ。年とった。よぼよぼのくせに新聞広告で初めて来た時、五年間で百万円ためたいから、月給を一万五千円くれって切りだした図々しいおばさん」

「一万五千円じゃ五年で百万はたまらんだろう」

株屋らしい計算の早さで加治は言った。

「いいえ、それは、いくらかもうすでに貯めているらしいんですけど、あと五年働いて六十五になったら養老院へ行くんですって。その資金なんでしょう」

「ふむ」

「そのおばさんがお喋りで刑事によけいなことを言ったもんですから、警察では、家賃が払えないのを苦にして発作的に自殺したんじゃないかと思ったんですよ」

峯子は今朝、八時少しすぎ、娘の清香から悲鳴に近い電話を受けとった。

「お母さま、アパートの青木さんがガスで死んでるの！」

これは誰にも言えることではなかったが正直なところ、峯子が最初に感じたことは、ほっとしたような気持だった。早朝の電話は療養中の清香自身の容態に変化のあることしか、峯子に連想させなかったからだ。

アパートの人なら、大したことはないじゃないか、とは言えなくても、わが娘のことから比べれば、やはり峯子にとっては事件はものの数に入らなかった。しかし、峯子は青木が、最近の清香の、（愛人かどうかはわからないまでも）最も親しい年下の男友達だということを知っていたので、その悲鳴の奥にある気持もわかるような気がした。

峯子は三十分後には、夫の車をかりて、娘の家へでかけた。

ここは、峯子が加治と再婚する前にいたうちである。つまり、清香を育て、婿をもらったわけではないが、土井恒二郎という画家と清香を結婚させ、それから、前夫の葬式を出し、家を娘夫婦にあけ渡して、加治と再婚するまで、二十年を暮した家である。もっとも、清香自身の生活費を楽にするために、アパートをたてたのは、ほんの三年ばかり前であった。

峯子がついた時、すでに刑事が来ていた。青木についてさまざまなことをきいていたが、清香は、警察が喜びそうなことは何ひとつ知らなかった。

しかもその質問はかなりくどかった。清香は蒼《あお》ざめた顔でベッドにおきあがったまま答えていたが、峯子ははらはらして清香の顔をみつめていた。

最後に何人かの刑事がでたり入ったり、うちあわせをした挙句、中の一人が、

「お母さん、ちょっと来てもらえますか」

と峯子を室外へ呼んだ。

応接室へ刑事と二人きりになると峯子は怒りをおさえて言った。

「丁度よろしゅうございました。私も娘には内密でお話し申しあげたかったことがあるんでございます」

「ほう、それは何です！」

「そちらさまの御質問からお答えいたします」

峯子はきっぱりと言った。

「実は、家賃のことなんですがね。青木という学生がですね、家賃を払えないというような言い訳をしに来ておったと家政婦の石田みきさんが言うんですがね」

「――――」

「家賃は誰がとりたててました？」

「娘の清香でございます」

「それで、きつく言われてだな、青木が追いつめられてガス栓をひねった、というようなことはないかな」

「そこから先が、私が申しあげたかったところでございます」

峯子は言った。

「ほう」

「実は私にもはっきり申したことはございませんけど、清香は、あの青木さんとかなり親しい友達だったようでございます」

「親しい友達ね」

刑事は鉛筆でノートの上を叩きながら言った。

「清香さんは結婚しておられたね?」

「只今は、離婚しております」

「それで?」

「婿は絵かきで、生活能力がございませんでしたし、パリへ行っている間に女を作ったりいたしますので、私がすすめて別れさせました」

「あんたがむりに?」

「最初はむりにでしたけれど、そのうちに娘の方も婿に対する愛情がうすれて来たようです。幸いアパートもたてておきましたので、その方の収入も六万円ばかりありますので、何とかやってまいれます。そういう娘ですから、青木さんのように多少親しすぎる相手がでてきましても、親として文句も言えませんでした」

「なるほどね」

「青木さんに来てほしい日は蘭の鉢植で、来てほしくない日にはゴムの樹を、アパートからみえる方の窓に出して合図をしてたようでございます。これは家政婦のみきさんが申しております」

「今日はどっちですね」

「蘭のほうを出したそうでございます」

「蘭を出して、家賃の催促に呼びつける、ということは？」

「もう一つ、申しあげなければいけないことがございます」

峯子は刑事の質問に答えずに言った。

「娘に質問をしてらっしゃいまして、何かお気づきではございませんでしたでしょうか」

「手術後だとかきいてましたがね」

「もうこれ以上、あの子に何か御質問なさるのはおことわり申しあげます」

峯子はきっぱり言った。

「誰も知りませんが、清香は胃癌で、もうだめなんでございます」

思わず声がふるえた。

「それは、それは。胃潰瘍だってきいてましたがね」

「お茶の水の博愛病院で、先月の初めにいったん手術をいたしましたが、あちこちに転移がございましたんで、又傷口をふさぎました。それでも私は、母親として一刻も長く娘といたいと思いますので、体力を消耗させるようなことは、おことわり申しあげる権利があると思うんでございます」

「よくわかりました」

それから峯子は刑事をていねいに送り出したのであった。

「清香ちゃんは、じゃ疲れたろうな」

話をきくと加治は峯子に言った。

「昨日、具合が悪くなったところへもって来て、今朝の事件でしょう。いろんなことを考えるらしくて泣いてましたわ」

退院後、癌だなどというのは、嘘ではないかと思うほど元気を恢復《かいふく》していたのに、昨日、清香は少し吐いた。朝、みきが作ったオムレツは油をよく煮たたせないうちに卵をわりこんだので、生油がのこっていた、と言っていたが、事実はおそらくそうではなかった。

「青木という人は？」

「高知の人なんです。色があさぐろくて、ポリネシヤの漁師みたいに精悍《せいかん》ないい顔をしてるそうですけど」

「清香ちゃんは面くいだからな」

加治は義理の娘について言い、

「それで、家賃のことは本当なのか？」

と尋ねた。

「青木さんが、清香に言った通りの手紙がでて来たそうですよ。青木さんのうちはなんでも昔はかなり大きなお扇子屋さんだったんだそうですが、お父さんは亡くなるし、お扇子屋なんて、もう斜陽ですものねえ」

「それでよく一万円のアパート代や学費を送りつづけられたもんだ。医学部の費用は大変だからね」

「何でも山が大分あったらしいんです。お母さんという人が、一人息子のためなら御先祖さまの山でもなくしたってかまわないと言って……売りぐいね、てっとり早く言えば。ところが最近その金を少し有利にまわそうなどと思って人に貸したら、それがうまく回収できなくなったらしいんですね。送金がおくれるのもそういう理由らしいですよ」

「一人息子か」

「そうですって」

「気の毒だな。それは」

加治は何倍もの感情をその月並な言葉の中にふくませながら言った。それから、短い沈黙があって、それが話のくぎりのように感じられた。

「じゃ、私はでかけようかな」

「克也さんはもうでかけましたの？」

　峯子は夫の息子について尋ねた。克也も夫の出ている証券会社におり、いつも父子は連れ立って同じ車ででかけるのであった。が、今日は、峯子が夫の車を使ってしまった。

「あいつは電車で行ったよ」

「そうですか」

　峯子はそう言ってから夫の顔を見つめた。

「実はさっきからいやな気持で……」

「アパートのことかね？」

　峯子は家の方をふりかえってみた。女中の姿がみえないことを確かめると峯子は小声で言った。

「私、青木さんていうひと、ひょっとしたら自殺でも過失死でもないんじゃないかと思うんです」

　加治はじろりと峯子の顔を見た。

「殺されたというのかね」

「その可能性はあると思うんです」

　加治はふくらんだ内懐に両手をつっこんだままだった。

「誰がやった？」

「清香と結婚しようと考えている男がもしいるとしますね。多分、一年もたたないうちに、清香が死ねばあの地所や家や株なんかで四千万円以上のお金がころがりこんで来ますもの。こんなうまいもうけ口はありませんでしょう。青木という人が死んだときいた時、私、ひょっとそう思いました。克也さんもよく清香を見舞に行ってくれてるようですけど、最近清香は青木さんと一番親しかったようですから、青木さんがいなくなればと思う人間がないともいえませんものね」

「とすると、清香の病気の真相を知っているものでなけりゃなるまい」

「そうなると、あなたと克也さんと私のほかは、あの博愛病院の関係者以外にはありえませんけど」

「清香のつきあっている範囲はどうなんだね」

「土井が何しろフランスから帰ってきてますからね」

　清香の別れた夫、土井恒二郎には清香の病気のことを何も知らせたわけではないのに、彼は一月ばかり前、とつぜんふらりと清香の家を訪ねて来たのであった。

「土井の他には青木さん、それと、清香のところへこの頃よく遊びにくる人で、川崎の聖《み》心《こころ》の愛子園という売春婦の更生施設の事務長をしている人がいるんです」

「そのうちの一人は確実にそうでないことになったんだから、残るのは二人だけじゃないか。それなら大分、単純な話になる」

加治はひと事のように呟《つぶや》いてから、

「ま、もしそんなことがあるとするなら、警察が見つけ出すだろう」

と言いながら家の方に戻りかけた。

「あじさいが大分枯れたな。汚いところはとった方がよくはないか」

加治は家の横手のあじさいをみるとひとり言のように言った。

「朽ちた花を早く切りとるのがかわいそうみたいでね……」

峯子は言いわけをすると、夫を送り出す用意をした。

3

夫がでて行ってしまうと、峯子は花ばさみをもって庭へ下りた。

加治は口やかましい男ではなかったが、注意された以上、枯れたあじさいの花を切りとるためであった。木にとってこういうものを早くとってしまう方がいいのかどうか峯子は知らない。

　しかし何となく、生命の片鱗《へんりん》でも残っていそうなものを切ってすてることはたまらなかった。

　どうせ、長くはないのだから、と言って今の清香を注射一本で眠らせる場面を連想してしまうのである。

　来年のあじさいの頃には清香はもういまい。

　この頃、一本の草木、一つの光景をみても、思いはすべて、こんなふうな形でつながるのであった。

　清香は、幼い時、隣に住んでいた或る洋画家に、こういう娘を将来妻として手に入れる男のことを考えると殺意を覚える、と言わせたほどの甘い情緒をもった娘であった。おくれ毛がぼしゃぼしゃに生え際にのびて、黒い濡れたような大きな瞳《ひとみ》が生まれつき人の気をそそるような、というより、むしろ天性の媚態《びたい》のようにみえることがあって、峯子は不安なような楽しいような複雑な気持を味わった。

　しかし、峯子は、幼い時に容色が人よりまさっているなどということは大きくなるに従って、往々にしてまことにはかなく消えてしまう、という例をたくさん知っていたので、我が娘もまた、その例外ではあるまい、とぼんやり思うほどには客観的であった。

ところが、清香は年をとるに従って、その甘い情緒的な風情《ふぜい》はますますゆたかに成熟した代わり、驚いたことには、知能は、十五、六でのびなやんでしまったような感じであった。

精薄というのではないが、学校の成績はいつもビリから数えるほうが早かった。旧制の女学校を出るまでは同性愛的な傾向も強かった。本気で上級生に恋愛し、その上級生が結婚すると、その行為は不潔で許せないといい、自分は裏切られたから未来に何の希望もないので、修道院へ入りたい、と三月間も言い通した。峯子夫人はほとほともてあまし、この娘を将来どういうふうに導いたらいいものか思い悩んだ。

きりょうだけは評判なので、何も知らない人は縁談をもって来てくれる。さすがに宝塚熱は間もなくさめたが、少々おつむが足りないことはすぐわかってしまうので、それでも是非にというのは、何かしら別のこんたんがあるに違いないと思われる相手ばかりである。

おろかであでやかな娘は、二十五まで売れ残った。そして、幼い頃画家からまれな容貌を愛されたつづきのように、一人の自称画家だという男のモデルになり、それからその男と結婚した。

峯子はこの結婚に対して、反対を唱えるだけの理由もないように思った。つきつめて考えれば、世の中で清香の存在を高く評価できるかも知れないのは画家ぐらいであって、この土井恒二郎という画描《えか》きの清香に対する溺《おぼ》れ方が、全く地に足のついていないものだ、などといって危ぶんだり非難したりすることはむしろ的はずれかも知れなかった。

清香が結婚して間もなくT物産の専務取締役だった夫がなくなった。そして三年ばかりたって、峯子は、今の夫の加治克己と結婚した。

この間の経緯については、あれこれと臆測をたくましくするものもあるだろうが、もっとも明瞭な理由は、第一に、娘夫婦が再婚をすすめたことと、第二に峯子自身が、相手の加治克己とは昔から因縁浅からぬものがなきにしもあらずだったからである。

四十年前、峯子がまだ十代の娘だった頃、加治は大学生で時々峯子のところに遊びに来ていた。と言っても、その間に一度でも、峯子に気のあるようなそぶりを見せたわけでもないのに、峯子が結婚すると、一夜、ちょっと酔ったまぎれに、『峯さんには手出しするのがおくれて損をした』というようなことを冗談に言ったのである。

勿論《もちろん》、峯子も加治が好きだったわけではないので、『加治さんでも案外お上手が言えるのね』と笑って終りになってしまい、それから何十年かたってみると、加治は兜町《かぶとちょう》で二流どころの証券会社の役員になっていて、まんざらでもない暮し向きの中で、妻を失い、年頃の男の子をかかえて、もっさりと暮していた。

清香夫婦が自分の再婚をすすめたのは、『芸術家』である婿と、宝塚趣味を卒業してからは今やむしろ男好きでさえある娘が、両方とも物わかりのいいためかとも思えたが、よくよく考えてみると、年とった未亡人の母親に一人でいられては、いずれは自分たちがひきとって世話しなければならないことになる。それよりは茶のみ友達をあてがっておく方が始末がいい、ということらしいのである。

それに気がつかない峯子ではなかったし、加治の方からもかなり強く望まれたので、峯子は新らしい就職口でもみつけたように加治の家へやって来た。

加治の先妻の息子は、克也と言って、その頃はまだ、東京の六大学にすら入らない私大の法科の学生だったが、適当に不良で、適当に頭が切れないためのかわいさと無謀さのようなものもあり、峯子は夫の息子という以上の親しい立場はとらなくてすんで来た。

もっとも、峯子は加治の家へ来ると同時に、克也とも法律上の養子縁組をしたが、それは、加治の死後、峯子が継承する財産も、峯子が天寿を全うしたあともしも残っているならば、克也にわたしてほしいという加治の希望からでた事務的な処置で、大人になっている息子と峯子との間に実母同様の感情を期待したりしてのことではなかった。加治は少なくとも、そんなふうに計算の甘い男ではなかった。

一方、清香夫妻のほうは、峯子が心配した通り、間もなく問題がおきた。

まず土井が、どうしても絵の勉強にフランスへわたらなければならない、と言い始めたが、その金の出どころは、妻の清香が、亡父から遺産として受けとったものの中から出すよりほかはないのである。

「恒二郎さんがいよいよ行くというのよ。いいチャンスですものね。後から私がいけるように何とかするっていうから、恒二郎さんをひとりで先へやるつもり。やっぱり画描きはパリへ行かないとはくがつかないらしいのよ。まだろくろく絵が売れてるわけでもないのに、ぜいたくだと思うかも知れないけど、何事も投資をしないでうまく行く筈がないですものね」

清香は商人の娘らしい俗っぽいことを言った。

夫婦である以上、夫の大成を願わぬものはない。パリへ行くことが必要なら、借金をかき集めてでも夫を送り出すことに、峯子は本来なら大賛成なのである。しかし女房に遺産がころがりこんでくれば、当然パリぐらい、やらしてもらったっていいじゃないかという婿の図々しい態度がみえすくと、いそいそと恒二郎のフランス行きの準備をしてやり、それこそ宝塚の歌ではないが、『パリ、パリ、花の都パリ』に、自分までが酔っているらしい清香の人の好さが、峯子にはいたたまれないような思いになるのだった。

「まあ、世の中はなるようにしかならんだろう」

加治はその頃峯子のぐちをきくと、皮肉とも慰めともつかない口調で言っていた。

「妙にがっちりしてみたところで、相手がフランスへ行かしてくれるのだけをアテにしてたんなら、金を出してやらなきゃそれでおしまいだし。第一、清香ちゃんは、まあ、分不相応といっちゃいかんだろうけど、ふつうの娘じゃもらえないほどのものを親から残してもらってるんだから、亭主に、たかられるだけ仕合わせかも知れないよ。お前の言う通りだとすると、清香ちゃんぐらいぬけてると金でもなきゃ、結婚しようという相手もいないことになるじゃないか」

清香が父から残されたものというのは、今まで住んでいた家と、あとかなりまとまった株などだった。最近の土地の値上りで、二百坪の地所は土地値だけでも優に四千万はこえる。勿論、恒二郎を送り出した頃は、まだそれほどの値段に評価されはしなかったが、ひとり娘だからこそそれだけのものを継承できたという加治の計算は正確であった。

事実、恒二郎がフランスへ行って暫《しばら》くすると、峯子は加治のすすめもあり、清香も乗気になったので、その二百坪の敷地の一隅に、六戸だてのアパートを一棟たてた。玄関も浴室もそれぞれについていて、六畳一間だが最近では家賃は一万円ずつになる。

しかし、恒二郎のほうは果してフランスで真面目に絵の勉強をしているとは思えなかった。

金の要求はいくらでも来たし、いいパトロンがつきそうだから、そうなったら、もう送金の必要もないし、清香も呼びよせるから、などとうまい手紙をよこしてはいたが、向うで恒二郎に会った知人の話では、必ずしもそうではなかった。

恒二郎は向うでさまざまな女関係ができており、その中には恒二郎にみついでいるものさえあって、それを半ば自慢にしているらしかった。清香を呼ぼうなどという意志は無論ないらしかったし、パトロン云々《うんぬん》というのは、峯子から『そうそう金送れ、というばかりが能ではあるまい』という意味の手ごわい手紙を受けとった直後に、峯子の矛先《ほこさき》をかわすために、思いついたたあいない嘘のようであった。

恒二郎の行状がわかると、そんなような予感があったとは言っても、峯子はやはりかっとなるのを覚えた。

「母親として言うべきことじゃないかもしれないけど離婚した方がいいわよ。あの人は、あなたに金のあるうちは何とかかんとか言って、出させようとして、経済的な援助が続かなくなると、ぽいとおっぽり出すに決っている人だから」

峯子は清香にそう言った。するとこの娘は、母親が自分に代わってやきもちをやいているのがおかしいと言わんばかりに、

「あら、私がきいたのは、そういう話ではなかったわ。清香はいいけれど、お母さまがやかましいんで困るって、パリでこぼしてたそうよ。日本は家族制度があるでしょう。だか

ら妻の代わりに、妻の母親が義理の息子の行動をとやかく言うって言ったら、フランス人が驚いているんですって……」

とけろり言うのである。

その頃から、恒二郎は送金の依頼もしなくなった代わりに、アパートを転々とひきうつって、一時は、パリ在住の知人にきき合わせても、居所さえわからなかった時もあった。

「お母さま、恒二郎さんたら、生きてるのか死んでるのかわかりゃしない」

清香がそう言って泣き声で電話をかけて来た時、峯子はこれがきっかけで娘が離婚の決意を固めてくれさえすれば、と思った。

もっとも実際には、恒二郎が離婚届に賛同の判をおしてよこすまでには、かなりの時間がかかった。つまり恒二郎は不承不承であった。

「なるほど私は夫として清香を養うという義務こそ全うしていませんでしたが、清香に対する愛情を失っているわけではありませんし、自分の将来に夢を失っているわけでもありません。金をもうけなければ愛情は認めぬとおっしゃる義母上《ははうえ》のお言葉は実に残念ですが、無力な僕としてはもう反対する方法がなくなりました」

などという文面と共にハンコをおした離婚届が送り返されて来ると、峯子は事務的に、娘夫婦の離婚を強行してしまったが、清香が、

「恒二郎さんは、お母さまが信じてくれないから、便宜上一時だけ離婚しようと言って来たのよ。今に恒二郎さんの絵が売れて有名になって日本へ帰って来て、その時改めて夫婦になろう、と言ったらあの現実的なお母さまのことだから、必ず許してくれるよ、と言って来たのよ」

というに至っては、もう何と挨拶していいかわからなかった。

とにかく清香は、それからもせっせと恒二郎のために、セーターを編み、パジャマを縫った。清香の手仕事というのは、どれも無計画というか仕あげが汚くて、セーターの編目が途中で落ちても平気だし、パジャマは布目がひんまがっていても何とも思わなかった。

「フランスは衣類がとても高いんですって。だからこういうものを送ると恒二郎さんとても喜ぶわ」

清香は母にかくすでもなくそう言っていた。

しかし、一年ほど前から、フランスへの慰問袋作りは目にみえて減るようになった。

「どうしたの？」

と峯子がきくと、

「ちっとも受けとり状が来ないから、つまらなくなってやめちゃった。私と恒二郎さんのイニシャルをとってセーターにもスリッパにもＫＫという刺繍《ししゅう》をしたから、恒二郎さんと一緒にいる女の人が、怒って捨ててしまったんだろう、と思うの」

とそんなふうに答えた。

今から思うと、その時すでに清香には病状の自覚があって、そのために針仕事もできなくなっていたのに違いない。

峯子が清香から体の具合の悪いことを訴えられて、お茶の水の博愛病院へ連れて行ってみると、すでにレントゲンで胃部にはっきりと異状がみえた。

一刻も早く手術をしなければならないが、清香には、胃潰瘍であると告げた。手術は一週間目に行われたが、あちこちに転移があって結果は不成功に終った。

それを改めて医師から告げられた時、峯子の心は今までに決して考えてもみなかったように変った。清香の甘さも、今までは始末におえなかった無邪気さもどんなに感謝してもしたりないように感じられたのである。

たった三十五年で、一生を終るなら、たとえはたから、馬鹿とも、足りない女とも言われようが、別れた夫は、またいつか功なり名とげて自分の許《もと》に帰ってくると思い、夫が帰るまでの間、再び独身時代に戻ったような自分の周囲には、又、自分にかなりの好意をもってくれる男がたえず何人か現われていると思っている方がしあわせではないか。

清香の病室には、そうした男たちから贈られた見舞の花が溢《あふ》れていた。

「これは青木さんから」

「これは真平《まっぴら》先生からよ」

という具合に贈主のあだ名をまじえて、まだ傷の痛みもなおり切らぬうちから清香はどれが誰からもらったものかを決して忘れず、その花一つ一つにさまざまの思いをこめて見ているようだった。

その花の中には、加治の息子の克也の発案で、パリの恒二郎からということになっている鉢植の蘭もあった。

「何もそんなにしないでもいいんだけど」

峯子が言うと、克也は言った。

「いいじゃないですか。お義母《かあ》さん。今世界中、どこにだって花を贈る方法が花屋の間でできているんだし、さきゆき長くない人には、どんな嘘だってついて喜ばしてあげていいと思うなあ」

本当に誰もが、清香はそのまま再び起き上る日はないに違いないと思っていた。しかし制癌剤の注射がきいたのか、退院後の清香は天気のいい日には庭を歩くまでになった。

それが、偶然、昨日のことである。

清香は朝起きると、いつもの習慣の通り、床の中で、トースト半枚と紅茶、オムレツの朝食をたべた。

これは元気な時からの習慣だった。峯子は夫婦が一つのベッドに入ったまま、朝食をたべるなどということを半ば悪趣味だと思っていたが、恒二郎はこういうことを臆面もなく、自分の思った通りにやるたちであった。

しかし、昨日の朝、清香は食後、気持がわるくなって少し吐いた。退院後初めてのことであった。オムレツを何の油でやいたのかとたずね、いつもの通りのサラダ・オイルだときくと、油を充分にあつくしないうちに卵をわりこんだからだろう、といって家政婦のみきにあたった。

しかしもどしてしまうと多少気持がよくなったらしく、

「なさけないわねえ。昔はオートミールをスープ皿一ぱいたべたもんだわ」

と言ったりした。

しかし、食後、清香はいつものような身づくろいをしなかった。ふつうならホルモンクリームでマッサージをして、髪をていねいにヘヤー・ブラッシでとくのである。寝室で飼っているスピッツのフローラが、あまり甘えて吠えたので、これだけは、自分のベッドの中に入れた。この犬は、天蓋《てんがい》つきの人間用のベビーベッドを与えられ、しかも、いつか清香が風呂に入っていたすきに泥棒が入って、清香のベッドの枕元の財布から現金をぬいて逃げた時に、キャンともなかなかったことから『頭の悪いフローラちゃん』と呼ばれていた。

間もなく、清香は、みきが電気掃除機をかけているところで、新聞をよむくらいになったが、もともと一面などは一瞥《いちべつ》もしない習慣だったけれど、その日はことに、ぺらぺらと頁をめくっただけでやめてしまった。そして、

「どうしてこう新聞ってつまらないのかしら」

とみきに話しかけた。みきは二、三度ききかえし、掃除機のスイッチをとめてから、ようやっと返事をした。

「どうしてですか」

「だってどの新聞も同じじゃない。この新聞によると巨人が勝ってて、あの新聞をよむと阪神が勝ってるってわけにいかないものかしらねえ。それならスリルがあるのに」

みきは返事をしないで掃除をつづけた。すると清香は、青木のアパートからみえる例の窓際に、ゴムの樹を出してほしい、と言った。

これはあれほどお気に入りの青木に、来るな、というサインだったので、みきは今日はよほど気分がわるいらしいと思った。

午後からは、フランス語の先生の来る日である。

「なんなら、お稽古をことわったらどうですか?」

とみきは尋ねた。

しかし、清香は強情に稽古を休む気はないと言い張った。清香は退院早々フランス語の先生を見つけて来て、柄にもない語学の勉強を始めた。

「お母さま、恒二郎さんたら、旅先の淋しさで、親しい女の人ぐらいできたかも知れないけれど、私が行けば又別だと思うのよ。それに私たち、今、夫婦じゃないんですもの。夫婦ではないけど、とてもよく理解しあってる仲だから、又もう一度会えば恋愛できるんじゃないかな、とも思うの。私はフランス語なんか何もできないだろう、と思ってたら、案外ぺらぺらのことがわかったりすると恒二郎さんの女、くやしがるでしょうね。すてきだわ」

そう言って始めたフランス語だったが、恒二郎が日本へ帰っていることがわかると、今度彼がフランスに帰る時には一緒にいこうかと思う、ということで、稽古は週三回という熱心さで、しかもよほどの理由がない限り休もうとしなかった。

稽古が終った頃、恒二郎が来た。恒二郎はかつての妻が夕食をほんの少しばかり食べるのを助け、自分はそのそばで三百グラムのビフテキを平らげ、七時に清香が真平先生と呼んでいる、愛子園事務長・五十嵐《いがらし》真平が訪ねてくると、一時間ばかり一緒にブランデーをのんだ。

五十嵐が来たために、却《かえ》って恒二郎は八時すぎに真平先生と一緒に家をでた。恒二郎はこういう所で妙に見栄をはる男であった。別れた妻とは、今では夫婦ではないのだから、夜になれば当然帰るのだ、というところをみせつけたいのである。

清香は八時頃、峯子に電話をかけて、具合がわるかったのに、今日は一日千客万来だった、と告げた。具合が悪くなった、ときいて峯子は地の底にひきずられるように思った。いよいよそういう事態がでて来たかという感じだった。それでも千客万来に耐えるだけの力があるだけいいとしなければならないと思って自分の心を落ちつかせた。

そして、昨夜にひき続いて、今朝のできごとなのである。

——峯子は物思いにふけりながらあじさいを切りつづけたので、まだ、藍色《あいいろ》のかすかに残った花までが、捨てられていた。

しかし峯子は、今はそれをさして無残なこととは思わなかった。峯子は自分が興奮しているのを感じた。清香の最後の愛をうばい、——それがどの程度、本気であろうと、或いはちょっとした情事であろうと——青木青年の老母から只一人の息子をうばった者がもしいるとすれば、何としてもそれを探り出してやりたかったのであった。

4

聖心の愛子園は、川崎市とは言っても工場の立ちならぶ川崎ではなく、南武線《なんぶせん》の沿線からみえる丘陵地帯にあった。

この駅で下りる乗客もさして数多くはない。ひまそうな駅員にきくと、駅前から真直ぐに台地にのぼって行く、赤土の坂を教えてくれた。

あたりは多摩川梨の名産地である。愛子園でも、大きな梨畑をもっている、と峯子はきいていた。

峯子は少しも道をまちがわずに事務所の受付に行き、聖母マリアの像の飾られている応接間で暫く待たされた。みんみん蟬《ぜみ》の声が降るように聞えたが、寮生とよばれている女たちらしい姿はどこにもなかった。

入って来た男を見た瞬間、五十嵐真平だということがすぐわかった。清香の家で写真を見たことがあった。眉が特徴のあるへの字をかいていて、中肉中背である。只中高《なかだか》な顔が何となく育ちのよさを思わせた。

「清香の母でございます」

「いやいつもお世話になっています。克也君にも株のことで……」

五十嵐は言った。

「は？」

峯子は思わずきき返した。

「いや、ボーナスをもらうと、私も人なみに株を買っていたんですが、いつか清香さんのところで克也さんを御紹介頂いて、それ以来、ごくたまにお世話になっています」

「それは何も存じませんで……」

峯子はちょっと出鼻をくじかれたような気がした。克也が、清香のところへちょくちょく見舞に行っていたことは知っていたが、そこで株の客をつかまえていたなどとは初耳だった。

「こないだは、青木さんのことで、又いろいろ御心配頂きましたそうで」

「いや、あれは大変でしたね。僕も信じられませんでした。清香さんから知らせをもらった時には」

「今日は、実は大変、母親として得手勝手なことで伺いましたんでございますが、実は清香の病気について、もう御承知と思いますが」

峯子はわざとあいまいな言い方をした。

五十嵐は深く頷《うなず》いた。

「本当に手術は不成功だったんですか」

「はい」

「――――」

「実は、そのことを、私共家族はひたかくしにしてまいりました。勿論、手術をして頂きました病院の関係者の方は御存じでいらっしゃる訳ですけれど、やはり、それだけは私がどんなに辛くても清香に言ってはいけないことだと思いまして……」

「そりゃあ、そうです」

「ところが、克也が申しますには、先日松下の家でお話をしていたら、少なくとも五十嵐先生は御存じなんじゃないかと思われると言うんでございます。勿論、先生は清香のいないところで、それも大変遠まわしなものの言い方でおっしゃったけれど、先生はどこからおききになったんだろう、もしお義母さんが完全に防ぐとしたら、先生に黙って頂くのは勿論、先生がそのことをおききになった先まで、手をまわさなくちゃいけないだろう、とこんなふうに申すんでございます」

それは多少の嘘がまじっていた。清香のまわりにいた人々のうち誰が、病気の真相について知っているだろう、ときいた時、克也は少なくとも五十嵐真平は知っている、という事実を事務的に話しただけであった。

「それは青木君からなんです」

　五十嵐は言った。

「さようでございますか。それなら安心、と申してはなんでございますが……」

「いや、僕は何となく感じで青木君にきいてみただけですが、青木君も最初は、別の人から話されたらしい。もっとも後で、清香さんの部屋の灰皿に、マーフィリンと、抗腫瘍《しゅよう》性抗生物質の注射のアンプルがあったんで、ああ、やっぱり、と思ったそうですが、アンプルにはちゃんと素人《しろうと》にもわかるように書いてあるんだし、清香さんが気がついたかと思ってはっとしたって言ってました。マーフィリンの方は素人にはわからないけれど、もう一つの方は製薬会社がれいれいしくアンプルに抗腫瘍性抗生物質だということを明記していて、そういう荒っぽい神経の製薬会社も製薬会社なら、病人部屋の灰皿にアンプルをおいて行く医者も医者だ、と彼は怒ってましたがね」

「清香は、そういう子でございます。それで私もたすかっておりますけれど、青木さんは、どなたから最初そんなことを、おききになったんでございましょうかしら」

「清香さんが今習っているフランス語の先生からだって言ったような気がするけどな。名前は何と言われたかかな。何か変った……」

「戸田星子さん、とおっしゃったようにききましたが」

「そうそう、その方だった。と思いますね。私は一度ちょっと紹介されたきりだけれど」

「さようでございますか、それならまあ、フランスでお勉強なさって大変おできになる方だそうですし、万事心得てだまっていて下さると思いますけれど」

　峯子はほっとしたようなふりをした。

「もっとも青木君と僕が門のところでその話をしてたら、丁度植込みの中で、あの家政婦さんが掃除をしてましてね。僕はちょっとしまった、と思いましたけど、聞えたか聞えないかわからないし」

「さようでございますか。大丈夫でございましょう」

「たとえ、聞えていても、あのおばさんは大丈夫じゃないかな」

　峯子は頷いた。

「先生はあの晩、土井と早くお帰りになってしまいましたそうで」

「清香さんの具合が悪かったようですからね。長居はいけないと思ったんです」

「もう少し、長くいて下さって、後から青木さんでも呼ぼうということになったら、あんなことも防げたかも知れないのに、って清香が悔んでおりました」

「本当にそうですね」

会話がとぎれると又蟬の声がじわじわと身に迫ってくるようであった。清香はもう二度と蟬の声をきくことはないだろう。峯子は胸がしめつけられるようであった。

『お母さま、真平先生って、そりゃあ、きさくでいい方よ。癖があるけど、本当のところは、心の清らかな神さまのような人』

清香は目の前の男についてそう言っているのであった。

『結婚すると、どうしても自分の生活本位になりそうだから、今の仕事を本当に理解してくれる女の人が現われるまで、奥さまをおもらいにならないんですって』

本当に五十嵐真平がそのように清香に言ったのかどうかはわからない。清香には多少ともひとりよがりのところがあり、小さな虚言癖もあるように思われた。宝塚趣味の延長と思われるような甘い解釈もありそうだった。そして今、峯子の前には、神さまか悪魔かわからぬ一人の男が、というよりも、売春婦の更生のために働きながら、独身であり、聖人のようかと思えば、ボーナスで株を買うような堅実な一人の男がじっと悪気のない表情で坐っているのであった。

「失礼でございますが、先生は勿論、信者でいらっしゃいますんでございましょうね」

峯子は話題をかえた。

「ところがそうじゃないんです。只カトリック系の大学をでましてね。そのために信仰に無関心ではなくて、むしろ意地をはって洗礼をうけないようなところがあるんです。なにか？」

「いえ、もし、御信仰をおもちでいらっしゃいましたら、清香を導いてやって頂きたいと存じまして」

それは本音だった。

「神父さまをお連れしようとは思っているんです。しかし今、うっかりそういうことをすると、又、それこそ、清香さんが何か気になさるかと思いましてね」

峯子は頷いた。

「こちらは、お広うございますね」

峯子は窓の外をみた。

「農地を入れると、一万坪ばかりあります。ごらんになりますか？　麻薬中毒患者のための小さな病院のようなところもありますし」

「いいえ、只好奇心からの見学は御遠慮申しあげたほうがいいと思いますから」

峯子はいとまを告げて立ち上った。

「先生はこの中にお住みでいらっしゃいますか？」

峯子は事務所の建物を五十嵐に送られてでながら尋ねた。

「いや、厳密に言うと塀の外です。日没後は一応男子禁制ということになってますから」

五十嵐は笑い、

「僕のうちはあそこです」

と門の方を指さした。それは愛子園の門のすぐ脇にある小住宅で、小型自動車が五十嵐専用のらしく、玄関にぴったりとつけて停めてあり、遠くに多摩川ではなく、自動車道路が、それこそ川のように銀色にうねりながら光っていた。

5

清香の病室からは、ややかん高い女の声が聞えた。

「で、ございますから、動詞の過去には、アボワールと一緒にパセ・コンポーゼを作るものと、エートルを一緒にするものとありますね。このエートルとくみ合わせるものにはいろいろありますけれど、よく使われるのは『私は××年に生まれました』などという時の『ジュ・スウィ・ネ』ですね。この場合、あなたは女性ですから、最後にウを一つよけいにつけることをおわすれなく。女の人たちが何人かいましたら、ウ、エスをつけます。おわかりですか」

　清香にわかるわけはないと思いながら、峯子は、授業の声に耳を傾けた。今日は、戸田星子の授業のある日だときいて、やって来たのである。稽古が終ったら、峯子は病人に授業をしてもらうについては、特別のお礼も言わねばならないし、今後も健康状態の如何《いかん》について、授業を休んでもらったり続けてもらったりするというわがままを言わねばならないから、という理由で、戸田星子を別室によんで挨拶をし、例の話をするつもりで、こうして稽古を終るのを待っているのである。

　そこへ、みきが、峯子のためにお茶を運んで来た。

「戸田先生って、どんな方？」

　峯子は小声で尋ねた。

「眼鏡をかけて背が高くやせていて、女史タイプの方ですよ」

　みきが答えた。

「ねえ、みきさん、いちど、あなたにきいておこうと思ったんだけど、あなた、清香の病気について知ってる？」

「は？」

「五十嵐先生と青木さんが話していらっしゃるのをきいたんじゃない？」

「それは存じません」

「それはって、じゃほかのことなら知ってるの？」

「戸田先生が、青木さんのアパートでそういう話をしてるところならききました」

「癌《がん》だということを？」

「そうです」

「みきさんに五年間、いてもらうつもりだったけど、その必要はなさそうなのよ」

峯子は言った。

「私もねえ、せっかくいいうちをみつけて、腰をおちつけたところだから、貯金ができるまで、いさせてもらいたかったんですけどねえ」

みきはそう言って前かけのふちで目がしらをおさえた。

「だけど、戸田先生はどうして青木さんのアパートなんかへ行くんだろうねえ。いくら年上だって、若い男の部屋にのこのこあがりこむのは少しおかしいわねえ」

「最初、若奥さんが、二人をここでひきあわせてね、それから、何回か三人でお茶をあがったですよ。だけど帰りは一緒にうちの玄関をでるからね。二人になったら、男と女のことはわたしにはわからないねえ」

みきの言うとおりではあったが、峯子はどうしても釈然としないままに、隣室の声にきき耳をたてた。

「はい、年号の数え方は、いつか申しあげましたね。今年はディズ・ヌフ・サン・ソワサント・ドゥ。じゃ、私は生まれましたのさかさまで《私は死にました》という意味の《ジュ・スウイ・モール》本当はこんなことを言える人はないわけですけれど、芝居の中のお化けなんかなら言えますね。では、ちょっと言って下さい。これも同じく言っているかたが女性の場合は最後にウをつけて《ジュ・スウイ・モールト》私は死にました、はい、けっこうです」

峯子が思わず立ち上りかけた時、

「じゃ、今日は御気分もあまりよくなさそうですし、ここまでにしておきましょう」

「どうも、ありがとうございました」

稽古中には全く聞えなかった、清香の甘えたような声もした。

あらかじめ言いふくめてあったので、みきが間もなく戸田星子を、峯子のいる和室に案内して来た。

「私、清香の母でございます。いつもいろいろと娘がお世話さまになりまして」

「いいえ、ゆき届きませんで」

オールド・ミス・タイプには違いないが、結いあげた髪は真直ぐな黒髪で、意外に女らしさを感じさせる。

「実は清香のことでございますが、あの娘の病気について、先生はどの程度までご存じでいらして頂いておりますでしょうか」

峯子の言葉に呼応して、清香の寝室からはシャンソンのレコードが聞えて来た。話中、清香がひょっとしてこちらへでて来ないように、それとなくみきにそばにいるように命じた。レコードをかけたのは、みきが気をきかせたのか、それとも清香のシャンソン熱のせいかわからない。フランス語にひたるようにして勉強するのだと言って、ひまさえあれば、シャンソンをきいているのだけれど、まだ、わかるのは《あなたが好き》というところぐらいだと峯子に話したことがある。

峯子は音楽が鳴り出したために、自分の質問にこたえようとしない戸田から、答えをひき出すことができなかった。

「実は、清香の病気は癌でございます。御存じでございましたでしょうか」

重ねて言うと、ようやく戸田星子は口をひらいた。

「はい、知っておりました」

それは発音もどことなく外国風で、しかもほとんど何の感情もこもっていないという不思議な言葉であった。

「さようでございますか。先生は御存じだ、とききましたけれど、今日のお講義をうかがっておりましたら、清香に『私は死にました』などと言わせていらっしゃるものですから、案外、何も御存じないのかと思いまして……」

戸田星子は、それだけはっきりいやみを言われても、顔色の悪さを化粧でかくそうともしない顔に、興奮の色もみせなかった。

「あれは、動詞の変化を只お教えしただけでございますから」

「清香の病気のことは、どなたからお聞きでございましょう」

ちょっと考えた末、星子は答えた。

「土井さんから伺いました」

「土井恒二郎でございますか?」

「はい」

「失礼でございますが、土井とはどういうお知りあいでいらっしゃいますか?」

「パリにおりました時からです」

「でも清香は何もそういう経緯を存じあげなかったんじゃございませんでしょうか」

「私、フランス語をお教えに来てますんですから、ほかのことは別に申しあげなくても、と思いましたの」

「それはそうかも知れませんけれど、ふつうでしたら、ごく自然に、そういうお話もでると思いますけど」

戸田星子の顔に微笑がうかんだ。それはほとんど冷笑に近いひえびえとした微笑だったが、峯子は、星子の笑いはいつでもそんなようにみえるのではないかとも思った。

「私、土井さんのことは、中しあげたくなかったんでございます」

「と申しますと、つまり、あなたと土井との間には、清香におっしゃれないようなことがあったというわけでございますね」

「そういうことになるかも知れません」

峯子はしばらく考えた末に言った。

「土井と同棲《どうせい》していらしたのはあなたでいらしたんですね」

「ずっとではありません。つまりそういう女の人は、私ひとりではなかった筈ですから」

星子はひとごとのように言った。

「そういうことがおありになったあとで、何もわざわざ清香のところへ出入りをなさる必要はないんじゃありませんかしら？」

「仕事は仕事でございますから。女一人では働かないと食べていけません。条件にかなったお弟子さんでしたらとるのが当然と思います」

「しかし」

「それに、私は、土井さんにだまされたような形になってます。土井さんは独身だと言いましたわ。それから、私、しばらく土井さんの生活をみていたこともあります。もっとも、こんなこと、相手に愛情があれば当り前ですけど、最後に私はでていけがしにされて別れましたの。それからあとの土井さんのことは、私全く存じません」

峯子は自分の心臓の音が相手に聞えるのではないかと思うくらいだった。

「じゃ、清香のところへは、知っててわざといらっしゃって、土井がフランスから帰ると早速又、お会いになったわけですのね」

「早速ではないと思います。土井さんから電話をもらいました時、土井さんは三日前に日本へ帰って来たけれど、家内が悪いそうなので、これから顔を出してみようか、って言ってましたのよ。ですから私、清香さんに一月ばかり前からお教えしてますって言いましたら、びっくりしてました」

峯子は自分の手を、汗ばむほどにぎりしめていた。

「よくわかりました。そのことについては土井にきいたほうがよろしいと思います。私が一緒に、この家に住んでいれば、もっといろいろと、事情がよくわかるんでしょうけれど」

「どうしてお住みになりませんの？」

峯子は清香の最後まで、加治からひまをもらって娘と暮すことを早くから考えていた。高給だけあって、かなりきびきびと働いているようにみえるとはいえ、家政婦一人では病人の世話がみきれるとは思えない。

しかし清香は母に引っこしてこられるのを『気づまりだから』という理由でことわった。峯子に一緒にいられては、ろくろくボーイ・フレンドとも遊べやしない、という。ボーイ・フレンドとつきあうことを別にとやかくいいやしません、と言っても、そのうちにひょっとして結婚してもいいと思う相手がでて来た時に、お母さまは必ず難癖をつけるにちがいない。恒二郎さんと別れさせられる時でこりたから、もう一切、身上相談はしない。今度もし、そういう相手がでてきたら、その日にでも結婚してしまって、お母さまには事後承諾にしてもらう、と半分本気のようなそうでもないような表情である。

それでもあえて一緒に住むという口実もなく、又、かえって無理じいしても、清香の疑いをまねくばかりなので、峯子は、清香が自分をよぶような事態になるまで別れて暮すつもりになっていた。

峯子はその経緯のあらましを話してから、

「あなたは、青木さんとは？」

と尋ねた。

「青木さんとは清香さんに御紹介いただきましたけれど」

「それだけでいらっしゃいますか？」

「御質問の意味がよくわかりませんけれど、青木さんは、清香さんとかなりお親しい様子なので、御病気のことを御存じかしらと思ってお話したことはあります」

再び無表情な答えだった。彼女の言う通りたとえ青木と清香がどのように親しかったところで、二人の間に水をさす気ででもなければ、清香の病気の真相など、決して言う必要はない筈である。

「私はまた、あなたが、青木さんに近づこうとしていらっしゃるように、きいておりましたけれど」

星子は、誰がそのようなことを言ったのかとはきかなかった。

「一度、こちらのお宅をでましてから、青木さんから、本をお借りするためにアパートへ寄ったことはありますけど……」

というのが本当だとすると、みきが青木と星子の話をきいたのはたまたまその時だということになる。

「私は、清香さんが青木さんにかなり好意をもっていらっしゃると思ってました。ですから、青木さんのことはどんなにショックでいらしたかと思って」

「くどいようでございますが、じゃあなたは青木さんには特別なお気持は……」

「はい、それは全く持っておりませんでした」

「それだけでも、いくらかはっといたしました。今また青木さんのことで、あなたと愛情を争っていたかと思いますと、いくら何でも、土井とのことの二の舞みたいで見ていられないようでございますから」

「お話はそれだけでございますかしら？　もしそれでよろしければ、私、次の約束がありますものですから」

「どうもおひきとめいたしまして。それから清香の稽古のことでございますが、本人の状態次第でいつまで続くかと思いますけれど、やりたがる限りはおねがいいたします」

「清香さんのお病気のこと、勿論、決してそぶりにもみせたりはいたしません。今のところ、青木さんが亡くなったからかどうか知りませんけど、とてもしあわせそうに土井さんとパリへ行くつもりで熱心にやっていらっしゃいますから、やめろとおっしゃるまで、私まいりますし、最後まで手をぬいたりせずにお教えいたします」

「どうぞ、そうお願いいたします」

あれがヨーロッパ的なものの考え方というのだろうか、と峯子は、星子を送り出してから後もぼんやりと立ったまま考えていた。

　余韻はないが、簡潔でねばり強い。清香が今からフランス語を覚えて何の役に立とう、と実母の峯子でさえ思うのだが、星子はそうではないようにみえる。

　命ある限り、純粋に只今日一日の充足のために生きて、そして或る日、ふっつりととぎれたようにその生活をやめる。自らやめるのではなく、神が命じたもうのでやむなくやめる……。それが死というものだ、とでもいいたげな生き方である。

　星子の人間を好きになれそうにはなかったが、峯子は、少なくとも、こういう解釈を自分も受けいれる以外に、自分の心を保つ方法はなさそうに思った。

　清香の部屋から聞えていたシャンソンのレコードがとぎれた。

　戸田星子は青木に対して何ら特別な感情をもっていないと言明した。とすれば、青木が清香を好きになりかかっているのを知って、嫉妬《しっと》のために殺した、ということはなさそうだ。しかし、事をそう簡単に片づけていいものだろうか。口ではどんなふうに言っていてもやはり星子は青木を好きになっていたかも知れない。そうすれば、青木に清香の死病を告げた理由もわかる。しかし青木が事実を知ってもなお死期の近い清香をいたわるつもりで清香にやさしくしているのを許せないで殺したかもしれない。これが最も普通の考え方だ。ところが戸田星子が青木を愛していたのではなくても、もしまだ土井恒二郎に対する愛情が残っていたとしたら……話は変ってくるのだ。

土井は日本へ帰ってくると自分の方から星子に電話をかけて来た。昔すてられた怨みはあっても、男から再びそうしてつながりを求められると、星子の気持はまた土井にひかれるようになったのかもしれない。

ところが、清香は、パリから帰って来たかつての夫にも未練があり、土井のいない間に親しくなった青木にもかなりひかれている、ということを星子は知る。

昔の星子なら、清香が青木に近づくのを、黙ってみていたに違いない。

しかし、もし、星子の言う通り、彼女は青木に対して全く愛情も関心ももっていないとしても、清香が青木に結ばれそうになることは許せなかったのではないか。なぜなら、清香は金そのものだからだ。ここ数ヵ月間に、土井が清香とよりを戻せば、土井は間もなくかなりの金を妻の遺産として握ることになり、そしてひいては星子が土井と一緒になることで、自分がそれを手に入れることもできる。

清香の気持を得ようとしている何人かの男たちの中で、土井にとってもっとも手ごわい対抗馬が青木だという意味で星子が手を下す可能性はある。いやひょっとすると、土井と共謀《ぐる》かも知れない。いや、単独犯行としても、それを土井へ結婚のひきでものとして、土井の妻になりにのりこんで行く気かも知れない。

シャンソンが再び鳴り始めた。峯子はほっとした。峯子は清香が病気になってから、何か突然、やんだり消えたりするものの気配にいつも心をひきちぎられるような気がするからであった。

6

土井恒二郎は、加治家の玄関へ入って来た時にも、厚かましいなれなれしさを少しもくずさなかった。

この二、三日、空は早くも秋の色であった。丁度、日曜で、加治も克也もいたが、彼は加治をまだ『お義父《とう》さん』とうやうやしく呼び、克也は弟のように『克ちゃん』と親しげに呼んで、しゃあしゃあしていた。彼はたとえ、どんな理由があるにせよ、加治峯子から呼ばれたことを、喜んでいるようであった。

「相変らずお義母《かあ》さんのうちはいいなあ。外人にみせたらほめるでしょうよ」

峯子に部屋に通されると、恒二郎は、あたりを見まわしながら言った。障子はまだよし戸で、畳の上にはひえびえと唐むしろがしいてある。建物の木口の古さが暗い部屋の中でなお黒ずんでみえる。

ビールが出されると、彼は早速うまそうにコップを一息にあけてから、

「お義母さんも一ぱい、どうぞ」

とむりに峯子のコップに半分ばかりビールをついだりした。

「私は本当に半分で結構、お酒なんかのめないんですから」

峯子はコップをひいてから、どことなく西洋人くさくなった恒二郎の顔を見つめて、

「今日は、あなたに、いろいろうちわって話をききたいと思うの」

と切り出した。

「どうぞ何でも、僕はもう、お義母さんには昔から頭があがりっこないんだから」

恒二郎は、すでにどこかでいくらか飲んで来ているらしかった。

「話をきくと言ってもね。正直なところ、あなたと私がまだいくらか、かかわりあいをもつとすれば、それは清香の命がある間だけのことだと思うのよ。その後はもう、つながりを持とうたって、孫がある訳じゃなし、清香の思い出が薄れると同じ早さで、お互いに完全に無縁な人になりますよ」

恒二郎は和卓の上に両肘《ひじ》をついて、煙草に火をつけ、

「お義母さんは、はっきりしてるからなあ」

と呟《つぶや》いた。それから、

「清香、最近、悪いようですね」とつけ加えた。

「青木さんが死んだ頃から、下り坂を下りるようにね。ここ、二、三日、食べると必ず吐くの。いやな匂いがして」

「ふうん」

と呟きとも溜息《ためいき》ともつかない音をたてて、恒二郎は、

「僕は五日ほど前に行ったけど、その時も、かなりやせたと思いましたねえ。それで辛くてあまり行かないんだ」

「癌だっていうことは、どこからきいたの?」

「お義母さんの顔色をみてるだけでもわかるけどね。清香の入院してた病院、何といいましたっけ」

「博愛病院」

「あそこに、友達が入院してて、そいつが看護婦からきいたんだそうですよ」

峯子はちょっと黙った。

「青木さんのことがなかったら、あなたが、何で日本へ帰って来たかなんていうことも、別に関係ないんだけど、今度は何しにいらしたの?」

「友達と個展を開こうかという計画があったんですよ。もっとも、いろいろ経済的な事情

もあるから、目下交渉中ですけれどね。しかし青木君と、それがどういう関係があるのかな」

　恒二郎はややとろんとした目つきでき返した。それには答えず、峯子が、

「戸田星子さんとは、どういう関係？」

と尋ねると、恒二郎は、持ちあげかけたビールのコップに口をつけないうちに又うやうやしくテーブルの上に置き、当惑の微笑を泛《うか》べながら言った。

「星子にもお会いになったんですか」

「会いましたよ」

「彼女は何と言ってました？」

「あなたと同棲して、あなたを養ってやっていたって言ってましたよ」

「そうだろうなあ」

　恒二郎は溜息のように言いながら、坐りなおした。

「事実は違うんですか？」

「いや、事実もそうなんです」

　峯子は黙って庭をみた。電車の響きの相間をぬって、どこかでひぐらしがないていた。

「何しろ、清香に何年か悩まされた後ですからね。僕も、ちょっとばかり、外見より知的

な女にひかれたんですけどね」

恒二郎は自嘲《じちょう》するように、鼻先で笑い声をたて、

「しかし、女はやっぱり外見だねえ。お義母さんの目の前で別に清香にお世辞を言うわけじゃないけど、清香ぐらいの女はやっぱりいませんね。戸田星子なんて、あのスープ用のガラみたいなのと一緒にいると、冬の夜なんか冷えていけねえや」

恒二郎は品の悪いいい方をした。

「それでも日本へ帰ってからつき合っているところをみると、やっぱりいいのか、それとも向うさんがあなたに気があるのか……電話をかけてよび出したのはあなたの方からだって言うじゃないの」

「そうですよ。僕も身のふり方がありますからねえ。まだお義母さんのところへも、清香のとこへも顔出しする前でしょう。こういうふうにうんと冷やしたビールなんか出してもらって温くもてなしてもらえるとは思わなかったから、万一門前払いをくわされて、さて、こちらが病気でもした時、行くところがないようでも情ない、と考えてね。それで星子と、コネクションをつけとこうと思った」

「それでどうだったの？　戸田さんは。あなたについて来そうだった？」

「それがわからないな。何しろパリだけで一年以上、ブランクがありますしね。気のある

ような、ないような。二度ばかり食事をしましたけどね。あいつを追い出す時、僕が清香のことをさんざんほめたのを、今でも根にもってやがって、清香には、何を教えてもてんで覚えないなんて悪口を言ってたけど……。勘定はパリの時みたいに割カン払いですよ」

「こないだ亡くなった青木さんという人ね」

「ああ、あれは気の毒なことをした」

「戸田さんがやったんじゃない？」

「星子がやった？」

恒二郎はおうむ返しに尋ねた。

「やったって、星子が、殺した、と言うんですか？」

峯子は黙っていた。

「何で青木氏を星子が殺すんです？」

「戸田さんは、清香と青木さんを張りあっていたということはなかったかしら、青木さんがどっちみちもう長くはないのだと思って清香にやさしくしているのに、嫉妬して殺したということはない？」

「ばかな、ばかな！　そんなばかな」

恒二郎はビールの罎《びん》からつごうとして、それが僅かしかないのを見極めると、「ビールをもっと下さい」と催促した。

女中が罎をもって来るまでの間に、恒二郎の興奮は次第に大きくなるように峯子には思えた。彼は何遍も坐りなおし、唸《うな》ったり、指を鳴らしたりした。

ビールが来ると、早速自分のコップにつぎなおして、一息に喉《のど》をならしてのんだ。

「あんまり驚かせるから、喉がからからになったよ」

恒二郎はひとり言とも、峯子への返事ともつかない調子で言った。

「星子が、青木氏をどうのこうのっていうことはないな。第一、あいつは、青木氏に会うったって清香のところで会っただけでしょう」

「青木さんのアパートに寄っているのを、家政婦がみたことはあるのよ」

「それは、そんなこともあるかも知れないけど」

恒二郎はやや自信を失ったように言った。

「星子さんに思し召しがあるならあるでかまわないのよ。いずれにせよ、清香はもう長くないんだし、ことに、今みたいに、他人になっているあなたの行動に、本当なら何も干渉することはないと思うの。だけど、私は青木さんの死んだことを、どうしても自殺や、事故死だと思えないのよ」

恒二郎は、今度は沈んだ表情で、峯子の言うことをじっときいていた。

「それをはっきりさせるためだけに、あなたに来てもらって、こういうことを言ってるんですけどね」

　ややしばらくしてから恒二郎はかすれた声で尋ねた。

「星子がしかし、どうやって青木氏を殺せますかね。ごめん下さい、と玄関から入って行って、あなたを殺したいから、私、ガス栓を開けて行くわね、でうまくいくかな」

「青木さんは玄関の鍵《かぎ》なんてかけないでねることもざらだったらしいのよ。入っても盗れるものがないって。誰でも、夜中にそっと入って来て、青木さんが眠っているのを見とどけてからガス栓をひねって、そっとでて来ることはできますからね。あなただってできるわ」

「どうして僕が青木氏を殺さなきゃなりませんかね。嫉妬かね？　今さら。僕ができるんなら、あの五十嵐にだってできるじゃないですか。僕はね、お義母さん、清香のまわりに、ああいうろくでもねえような男共がうろうろしてましてね、まだ何となく半分くらいは自分が亭主のような気がしてるもんだから、初めは、いやな気がしたよ。だけど考えてみると、あの五十嵐だって青木だって、それからこの僕だってですよ、今の清香にとっちゃ何だっていいんだよな。やさしくしてくれて、楽しい思いをさしてくれりゃ、少々どんなことがあったって、別にかまわないじゃないか。おれが清香のお袋だったらそう思うね。清香の夫として、今、そう思ってるんだから」

恒二郎は半分、クダをまくような調子で言ってから、

「こないだ行った時だって、お義母さんはお気に召さないかも知れないけど、清香が具合わるかったから泊って来ましたよ。一晩中、そい寝して、背中さすってやってね。やっぱり気楽でいいって言ってましたよ。何といったって夫婦だったんだからなあ」

「あなたの病気は癌だから、それまでに法律上の結婚をしさえすれば誰でも財産を全部もらうことになる、とはあの子に言えないのよ。あなたが清香に優しくしてくれる事だって、戸田さんとうちあわせて、もう一度、清香の夫になって、そして清香の死ぬのを待って金をもらって戸田さんと一緒になるための計画かもしれないじゃないの。でもそうだとは、私は清香に言えないの。それだけは決して母親として忠告できないところに、やろうと思えば何か悪いことをやれる余地がありそうね」

恒二郎はもう一度コップのビールをきれいにあけた。彼は怒っているようだった。しかしすぐには何も言わず、只、掃除の行き届いた日本風の泉水のある庭を、つくづくと眺めていた。

家の中も静かだった。加治は夕食前の風呂に入っているらしい。ぽかんぽかんと桶《おけ》の音が聞えてくる。

閑《ひま》さえあればステレオをきいている克也も、今日は峯子と恒二郎の話に遠慮しているらしく、彼の部屋はあかりもつけないままに、夕暮の気配の中にひっそりと窓を開いているばかりだった。

ややしばらくすると、恒二郎はぽつんとひとりごとを言うように言った。

「別にお義母さんをいやがらせるわけじゃないけどね。星子や僕を疑うくらいなら、まだ疑ってもいい人がいるんじゃないかな。こういうことだから、僕はお義母さんと違って個人的な名前は出しませんよ。だけど、お義母さんは何か見落してるんじゃないかな」

「かまわないわよ。そう思うなら名前をはっきりおっしゃい」

峯子は言い返した。恒二郎は峯子の顔を見つめ、しばらくしてから首をふった。

「やっぱり言えないよ、お義母さん、それだけは無理だ」

峯子がいくらひき出そうとしても、恒二郎は何としてもそれ以上は口にしなかった。そしてその日、峯子が夕食にひきとめたにも拘《かかわ》らず、彼は間もなく加治家を辞して帰って行った。

7

松下清香は、その年いっぱいもつまいと言われていたが、只生きているというだけで、年をこし、翌年の二月四日、節分の夜に息をひきとった。

最後の二月《ふたつき》ばかり、清香は死を予感したようであった。

五十嵐真平にせがんで、カトリック神父を連れて来てもらい、クリスマスの前々日、洗礼を受けた。

痛みがひどくない時は陽気な病人だった。犬のフローラに喋《しゃべ》りかけ、ごくたまにはシャンソンもきいた。危篤状態に陥ってからも、機嫌のいいうわごとを言った。節分がまぢかいことが意識のどこかにあったらしく、

「ほら、鬼の代わりに、庭中豚がいっぱい」

と言ったりした。

その直前、

『死んだら読んで』

と母親の手に一冊のノートを渡した。ハトロン紙の封筒で厳封したものであった。

息をひきとってから、峯子はいてつくような冬の道を家に帰り、自分の部屋に閉じこもって、封筒をとり出した。中にはティーン・エージャー趣味の淡いピンクのノートが入っていた。峯子はその第一頁を開いた。

「そうなの、お母さま、青木さんを殺したのは克也ちゃんなの。

私、あの夜おそく、克也ちゃんがアパートへ入って行くのを見た。何の用事かしらないけれど、いずれはここまできたんだから、私のところへも寄るだろうと思って待っていたの。

克也ちゃんが来ると、私は大てい愉快になるから。克也ちゃんは、株を買えば必ず大あたりして、フランスへディオールの服を作りに行くことぐらいすぐできるようなことを言うし、ジャズのことでも、安くておいしいイタリヤ料理店のことでも何でも話してくれておもしろいの。イタリヤ料理の話なんかきくと、時々、病気してても行ってみたいな、と思ったことがあるくらい。

でもその夜、克也ちゃんはうちへ寄らなかった。

そして翌日、私は青木さんに会いたくなったものだから、窓の外に蘭の鉢植を出しました。これは私たちの間の暗号になっていたのです。

蘭ならば、会いに来て、ということ。ゴムなら、今日は会いたくない、ということ。

青木さんはいつも必ず来てくれたわ。あの人は何も言わない。只、黙って私の手をとったり抱いていたりしていてくれるの。私がまばたき一つしても、見のがさないような真剣な目をしていてね。

あの人の顔は景色のような顔。私が好きな南国の太陽が照りつける海のきらきら光る泡《あわ》があの人の黒眼、はずかしいくらい澄んでゆれている水があの人の白眼。あの黒いくせにやわらかいくせ毛は、岩の間の海草を思わせるの。

でもその日に限って、いつも大てい早おきの青木さんの部屋の雨戸は開かなかった。私はがまんできなくなって、みきさんにみに行ってもらったんです。みきさんが帰って来て、いくら呼んでも返事がないというの。鍵をもって行かして、そしてみきさんが叫び声をあげた時、私はふるえがきて立てませんでした。

でも、その時、すぐ、本当のことを言ってはいけないと思ったわ。アパートの鍵をもっているのは、私と、ほかに、克也ちゃんだけですもの。あのアパートをたてた時、私は管理しなければならない鍵を、いつかきっとなくすに違いないから、予備の一組はそっくり預っておいてやろう、といってくれたのが克也ちゃんだった。だから克也ちゃんなら、いつどんな時間にだって、どこの部屋へでも入れるわけ。

私は血が凍りついたようになりました。どうして克也ちゃんが青木さんを殺さなければいけないんだろう。

私が青木さんを愛したことが、そんなにも悪いことだったのかしら。ながいこと考えました。脳みそが疲れてぐちゃぐちゃになるような感じでした。でも、やっとわかりました。

私がもし青木さんと結婚すれば、私のお金は、間もなくそっくり青木さんのものになることを克也ちゃんは知っていたんですね。でも、私が誰とも結婚せずに死ねば、お金は多分お母さまが又うけつがれて、そして、お母さまと克也ちゃんは養子縁組をしているのだから、いずれは克也ちゃんのところへ行くでしょう。

お母さま、でもお母さまは、このことを誰にも言う必要はありません。清香はまもなく死にますし、身内なら、罪をかくしてもいいという話をきいたことがありますよ。気にしないで……。ほんとに気にしないで。克也ちゃんは、只計算ができすぎる人だっただけです。お金が入れば、克也ちゃんはもう悪いことをする人ではありません。

青木さんには、私が会ってお詫びをします。

八月十日・青木さんの初七日

昨日、神父さまがみえました。二人きりで——お人払いして——お話しました。自分は神さまにあなたの心を伝えるために来たのだから、何も包みかくさなくていい、とおっしゃいました。

もう、これで最後と思います。書くのがとても辛い。この前書いた時から、四月しかたっていないのに、もう手に力がありません。

お母さま、私は洗礼を受けて許されたのです。生まれてから今までしてしまった、すべての罪が許されたのだそうです。ほんとうでしょうか。ほんとうでしょうか。

何べんも自分の心にきいています。許されたのがこわいのです。許されない方がいいとさえ思います。でも許されたことを信じないのは、思いあがっている、と言われました。

『許されなくて生きていけますか。

許さなくて生きていけますか』（神父さまの言葉より）

前言をとりけします。

青木さんは、私が殺しました。ひとりで死にたくなかったから、そして、青木さんを、どんな女にも渡したくなかったからです。ことに戸田先生になど。

でも、私は戸田先生のおかげで、フランスへ行く夢をみられました。勉強って案外たのしかった。でも、フランスへ行っても『私は死にました』なんていう言葉は使うことがありませんね。戸田さんは私の病気を知っていて、わざとそんなことを私に言わせるのよ。

おかしな人！　どうして、病気のことを知ったかと言いますと、青木さんと戸田先生がうちでそういう意味のことを喋っていたからです。

何よりも辛かったのは青木さんが私がもう長くないから、優しくしてくれているのだろう、と思うことでした。あの人は平凡な青年です。でも美しくてやさしかったから好きでした。

それも、青木さんを道づれにしようという気になった理由の一つです。

五十嵐真平先生に、よろしく。

最近になってようやく先生についても、少しばかり考えを改めました。先生は俗物です。でもあのお仕事には、先生のような俗物根性がとても必要です。

いくら売春をやめて、更生の道を歩いているからといったって、女の人はきれいな下着やブラウスをきたいし、口紅もつけたい。ごちそうもたべたい。五十嵐先生は彼女たちにそういう望みをかなえてやるために、働いていらっしゃる。

できたら私のお金の中から少し寄附をしてあげて。

先生は前から、私のお金をねらっていらした。先生は愛子園のことを考えると、とても乞食根性になり、寄附の集め魔になる。

それから、みきさんにも、養老院へ行くたしになるお金をあげて。強情をはっていますけれど、あのおばさんの体、とても月一万五千円にうれるようなしろものじゃありません。うちでいらなくなったら、なかなかいい働き口がみつかるとは思えません。大分あちこちがたがきてます。

疲れました。昨夜は苦しくてお祈りもできませんでした。でも、目下のところ、体が苦しくないと、心が痛みます。どこかが苦しいので同じことです。ただ、痛みどめをうってもらうと、天国がみえてきて、私はわらい出し、悩むのはおやめ、と言われているのを感じます。

お母さま、これでいいのでしょうか。私はわかりません。

しかし多分、これでいいのでしょう。このノート焼いて下さい。克也ちゃんにすまない。お母さまも、それで忘れるのよ。忘れて楽になって下さい。心配しなくても、事件は二度とおこりっこないんですから。

青木さんが、『許すからおいで』と言ってくれてます。

私って身勝手ですね。許してもらえると思っている。

青木さんを愛していたから彼からも許してもらえるなどと思ってるの。

じゃ、さようなら。

イエズス、マリア、ヨゼフ、ご保護のもとに安らかに息たゆるを得しめたまえ。

降誕祭の前々日の夜」

編者解説

日下三蔵

曽野綾子は一九五四（昭和二十九）年に「三田文学」に発表した「遠来の客たち」が第三十一回芥川賞の候補となって注目され、安岡章太郎、遠藤周作、吉行淳之介、夫の三浦朱門らとともに「第三の新人」と呼ばれた。青春小説『太郎物語』のようなエンターテインメント系の作品もあるものの、一般的には純文学畑の作家とみなされているだろうから、「ミステリ傑作選」と聞いて意外に感じる方も多いかもしれない。

だが、著者には推理小説、サスペンス、恐怖小説に分類できる作品がかなりあり、その分量は短篇に限っても、本書の三倍から四倍に及んでいるのだ。本書はそんな曽野ミステリの中でも、最初期の本格ものを中心にセレクトした作品集ということになる。

収録作品の初出は、以下の通り。

ビショップ氏殺人事件　「宝石」57年8月号　※単行本未収録

華やかな手　「文藝春秋」61年5月号

消えない航跡　「週刊サンケイ」61年10月16日～11月20日号
競売　「小説中央公論」62年1月号
人生の定年　「別冊文藝春秋」62年4月号
佳人薄命　「オール讀物」62年11月号

ビショップ氏殺人事件
曽野綾子
油野誠一・画

「ビショップ氏殺人事件」掲載誌面

巻頭に置いた表題作「ビショップ氏殺人事件」は、著者が初めて書いたミステリ作品である。戦後のミステリ界を支えた探偵小説誌「宝石」はコアな読者向けの専門誌という性格が災いして部数が低迷し、経営不振に陥っていた。それを案じた江戸川乱歩は私財を投じて経営の立て直しを図り、自ら編集の任に当たって誌面を刷新した。一九五七（昭和三十二）年八月号は、乱歩の編集した最初の号に当たる。

乱歩の編集後記「編集を終って」には、こうある。

本号から、わたしが編集することになった。その意味は、翻訳探偵小説の盛行にくらべて、日本探偵小説の本拠である本誌が沈滞していては、出てくるべき新作家も出てこない。これを刷新して、大いに売れ行きを増し、既成作家を勇気づけると同時に、隠れたる新人の登場を促し、日本探偵小説そのものを大いに盛んにしたいという熱意の表明にほかならぬ。

（中略）

わたしはクイーン雑誌のひそみにならって、ルーブリック（前書き）を、各作品の冒頭にしるすことにしたので、ここにはくり返さないが、本号の呼びものは、いうまでもなく横溝、坂口両氏の長篇第一回である。短篇では曽野綾子さんの処女探偵小説八〇枚が注目にあたいする。

クイーン雑誌とは「エラリー・クイーンズ・ミステリ・マガジン」のことで、早川書房から出ていたその日本版は、現在の「ミステリマガジン」の前身である。横溝正史の新連載は『悪魔の手毬唄』、坂口安吾の新連載は未完の長篇『復員殺人事件』を再録して高木彬光が後を書き継ぐという企画『樹のごときもの歩く』であった。

また、乱歩は一般文壇の作家に探偵小説好きが多いことに目をつけ、あなたも書いてみませんか、と熱心に勧誘を行った。曽野綾子を筆頭に、有馬頼義、三浦朱門、吉行淳之介、中村真一郎、火野葦平、村上元三、石原慎太郎、邱永漢といった人たちが「宝石」にミステリを書いているのは、このためである。乱歩の勧めで筆を執った探偵小説で直木賞を受賞した劇評家の戸板康二は生涯に二十冊以上のミステリを書いているし、芥川賞作家の菊村到は完全に推理小説が活動の中心となってしまった。

曽野綾子は、この号では作品を寄稿しただけでなく、座談会「文壇作家「探偵小説」を語る」にも参加している。司会は江戸川乱歩、出席者は梅崎春生、曽野綾子、中村真一郎、福永武彦、松本清張の五名。福永武彦が加田伶太郎名義で本格ミステリを発表したことはよく知られている。純文学と時代小説の分野で活躍していた松本清張は、前年から精力的に推理小説を手がけるようになり、短篇集『顔』で第十回日本探偵作家クラブ賞を受賞しているが、ここでは文壇作家としての登場である。「宝石」には翌年から長篇ミステリ『零の焦点』を連載。『ゼロの焦点』として単行本化されてベストセラーとなっている。

「宝石」（1957年８月号）

この座談会で曽野綾子は「アガサ・クリスティは、あまり好きじゃない」「Ｅ・Ｓ・ガードナーが好き」「自分が推理小説を書くとしたらガードナーのような方向のものになるだろう」と発言しているのが興味深い。自らも弁護士だったガードナーのペリイ・メイスンものは、本格、サスペンス、ハードボイルド、法廷ものの面白さを兼ね備えたシリーズであった。だが、実際には初めて書かれた「ビショップ氏殺人事件」は、正統派すぎるほどの本格ものになっており、江戸川乱歩もルーブリック「女流作家の処女探偵小説」で驚きを表明している。

曽野さんは三浦朱門さんと一緒に、ずっと前一度、探偵作家クラブの例会に来られたことがあるので、顔見知りではあったが、親しく話したことはないので、探偵小説を書かれるかどうかは、よくわからなかったけれども、三浦さんも探偵小説好きらしいので、曽野さんも書かれるかも知れない、という感じはあった。

そこへ誰かが、曽野さんは書く気があるよと、耳うちしてくれたので、私はすぐにお願いしてみた。最初は断られたけれども、再度お願いして、御承諾を得た。

そしてこの原稿は思ったより早く出来たのである。

私は本格探偵小説でなくても、心理スリラーやサスペンスものでもいいとお願いしておいたのだが、出来あがったのは純本格ものであった。むしろ意外であった。こうして、文壇女流作家としては、日本最初の、しかも処女作、しかも本格ものを、本号にのせることが出来たのである。そういう意味で編集者はいささか自慢してもいいのではないかと思っている。（R）

犯人当てということでは、本書に収めた「消えない航跡」や「佳人薄命」も当てはまるが、やはりサスペンスが加味されていて、「ビショップ氏殺人事件」ほど正統派の謎解きではない。この作品が著者の短篇集に収録されるのは、おそらく今回が初めてだと思うが、あまりにも同系統の作品がなさ過ぎて、単行本化の機会を逸していたものであろう。

次に収めた「華やかな手」のような意外性のある心理サスペンスが、著者のミステリではもっとも多い。この作品は多指症という肉体的な特徴と、それをめぐる心の動きをテーマにしているため、現代の作家が発表したなら機械的に「差別」と判断されてしまうかもしれないが、著者は人生で起こり得る奇妙な出来事、不思議な心理を小説作品として切り取っている訳で、そこには森羅万象を観察し、客観的に判断する研究者のような視点があるだけなのだ。したがって、本書収録にあたっても、語句・表現はそのままとした。この作品は、六一（昭和三十六）年九月に文藝春秋新社から刊行されたミステリ短篇集『華やかな手』に表題作として収められた。

『佳人薄命』（東都書房）。函の中央の穴から、本体表紙に描かれたイラストが覗く

五九年から翌年にかけて集英社の週刊誌「週刊明星」に連載した長篇『塗りこめた声』は殺人事件の謎解きを扱った本格ミステリであり、六〇年ごろから短篇でもミステリや恐怖小説を数多く手がけるようになっていく。六二年には、仁木悦子、新章文子、夏樹静子らが前年に結成した女流ミステリ作家の親睦団体「霧の会」にも参加しているから、著者自身がミステリをレパートリーのひとつとみなしていたことは間違いない。

「消えない航跡」から「佳人薄命」までの四篇は、六二年十一月に東都書房から刊行されたミステリ短篇集『佳人薄命』に収められた。小B6判セミハードカバー函入りの単行本で、当時新進気鋭のイラストレーターだった真鍋博による装幀は、函の中央に空いた穴から本体表紙の女性の顔が見える、という何とも洒落た造本であった。

同書の帯には、「才女、曽野綾子氏が豊富な知識を駆使して描いた、異色推理小説集。人生の定年、消えない航跡、競売、佳人薄命を収録」とある。表紙、背表紙、帯の背の各所に「推理小説」と書かれており、完全にミステリ作品集として造られていることが分かる。

この四篇は、七一（昭和四十六）年六月に「曽野綾子恐怖小説集」と銘打って桃源社から刊行された単行本『蒼ざめた日曜日』にも、すべて収録されているので、著者は推理小説と恐怖小説を特に区別していなかったようだ。どちらも「奇妙な話」「怖い話」というカテゴライズなのだろう。

いや、それをいうなら、ミステリと非ミステリという区別にも、ほとんどこだわりがないのだ。『蒼ざめた日曜日』は文庫本に換算すると六百ページ以上になる作品が収められているため、各社の文庫版では解体されて、さまざまな作品集に収録されているが、その多くがミステリ作品と非ミステリ作品が混在したものなのである。

文庫版で推理小説集と明記されているのは八五年一月に新潮文庫から出た『消えない航跡』くらいしか見当たらず、ほぼ全作品がミステリ系という短篇集は、他に新潮文庫『華やかな手』（75年9月）と講談社文庫『夢を売る商人』（84年6月）があるだけだ。本書の収録作品では、「消えない航跡」と「人生の定年」は『消えない航跡』、「華やかな手」「競売」「佳人薄命」は『華やかな手』に、それぞれ収められている。

桃源社版『蒼ざめた日曜日』の後期の帯には「人生の不条理と愛の深淵を描く」「平穏

な日常のそこここに垣間見る人間存在の恐怖と真実の息遣いを鋭い感性で冷酷なまでに透視し、人生の暗黒の部分に一点の光を見出だすべく描く話題の恐怖小説集」とあり、これは曽野ミステリの特徴をとらえた極めて秀逸なコピーになっている。

だが、犯罪、サスペンス、狂気、どんでん返し、奇妙な味といったミステリ的要素の有無を別にすれば、この特徴は曽野綾子のほとんどの作品に当てはまる訳で、短篇集においてミステリ作品と非ミステリ作品が、ことさらに区別されることなく扱われているのも、そう考えると納得できる。

本書に収めた作品は、ほぼ六十年前に書かれたものであるから、作中の時事風俗、語句表現、社会情勢こそ隔世の感があるが、そこに描かれた登場人物たちの心の動きは、いさ

『消えない航跡』（新潮文庫）

『華やかな手』（新潮文庫）

さかも古びることなく、現代の読者にも驚きと恐怖と感銘を与えるに違いない。優れた作家が手がけたミステリは時代を超える。そのことを読者の皆さんも、ぜひその目で確かめていただきたいと思う。

底本
「ビショップ氏殺人事件」　『宝石』　一九五七年八月号（初出誌）
「華やかな手」「競売」「佳人薄命」　『華やかな手』　一九七五年九月　新潮文庫
「消えない航跡」「人生の定年」　『消えない航跡』　一九八五年一月　新潮文庫

本文中に、今日の人権意識、医学的見地に照らして不適切な語句や表現が見られますが、執筆当時の社会的・時代的背景と作品の文化的価値に鑑みて、そのままとしました。

中公文庫

ビショップ氏殺人事件《しさつじんじけん》
——曽野綾子《そのあやこ》ミステリ傑作選《けっさくせん》

2021年12月25日　初版発行

著　者　曽《そ》野《の》綾《あや》子《こ》

編　者　日《くさ》下《か》三《さん》蔵《ぞう》

発行者　松田陽三

発行所　中央公論新社
〒100-8152　東京都千代田区大手町1-7-1
電話　販売 03-5299-1730　編集 03-5299-1890
URL http://www.chuko.co.jp/

ＤＴＰ　ハンズ・ミケ
印　刷　三晃印刷
製　本　小泉製本

Published by CHUOKORON-SHINSHA, INC.
Printed in Japan　ISBN978-4-12-207155-1 C1193

中公文庫既刊より

各書目の下段の数字はISBNコードです。978－4－12が省略してあります。

あ-94-1
狂った機関車
鮎川哲也の選んだベスト鉄道ミステリ

鮎川哲也 選
日下三蔵 編

戦前の本格推理から、知られざる作家の佳品まで、鉄道を舞台にしたミステリのアンソロジー。短・中篇の読みやすさ、懐かしさと新鮮さが共存した全七作。

207027-1

な-26-4
77便に何が起きたか
夏樹静子トラベルミステリー傑作集

夏樹静子

旅客機が爆破され、乗客51名全員が死亡。うち4人と乗らなかった1人には奇妙な共通点があった……。新幹線やフェリーなど旅路の犯罪を描くミステリー傑作集。

206537-6

に-20-1
粘土の犬
仁木悦子傑作短篇集

仁木悦子

江戸川乱歩に見いだされ、「日本のクリスティー」と絶賛された仁木悦子。「かあちゃんは犯人じゃない」はじめ初期傑作短篇群がここに甦る。

206476-8

み-17-4
鎖と罠
皆川博子傑作短篇集

皆川博子

過去に縛られた者たちを待ちかまえる死の罠――。幻想ミステリの女王・皆川博子の初期傑作を厳選した、文庫オリジナル短篇集。〈解説〉日下三蔵

206431-7

や-15-17
殺意のまつり
山村美紗傑作短篇集

山村美紗

どんでん返しの連続に巧緻なトリック。名短篇「殺意のまつり」はじめ、「ミステリの女王」の片鱗を見せつけた初期傑作が一堂に！〈解説〉千街晶之

206620-5

ち-8-8
事件の予兆
文芸ミステリ短篇集

中央公論新社 編

大岡昇平、小沼丹から野坂昭如、田中小実昌まで。非ミステリ作家による知られざる上質なミステリ十編を一冊にした異色のアンソロジー。〈解説〉堀江敏幸

206923-7

ホ-3-3
ポー傑作集
江戸川乱歩名義訳

E・A・ポー
渡辺温
渡辺啓助 訳

全集から削除された幻のベストセラー、渡辺兄弟のゴシック風名訳が堂々の復刊。温《おん》について綴った江戸川乱歩と谷崎潤一郎の文章も収載。〈解説〉浜田雄介

206784-4